조금밖에 죽지 않은 오후

일러두기

César Vallejo, *Obra poética*, Edición crítica y coordinación de Américo Ferrari, Madrid: Colección Archivos, 1988을 번역 저본으로 삼았음.

조금밖에 죽지 않은 오후

세사르 바예호

김현균 옮김

Los heraldos negros
César Vallejo

차례

"받아들일 수 있는 사람은 받아들여라"

— 「마태복음」 19장 12절에서

Los heraldos negros

Hay golpes en la vida, tan fuertes... Yo no sé!
Golpes como del odio de Dios; como si ante ellos,
la resaca de todo lo sufrido
se empozara en el alma... Yo no sé!

Son pocos; pero son... Abren zanjas oscuras
en el rostro más fiero y en el lomo más fuerte.
Serán talvez los potros de bárbaros Atilas;
o los heraldos negros que nos manda la Muerte.

Son las caídas hondas de los Cristos del alma,
de alguna fe adorable que el Destino blasfema.
Esos golpes sangrientos son las crepitaciones
de algún pan que en la puerta del horno se nos quema.

Y el hombre... Pobre... pobre! Vuelve los ojos, como
cuando por sobre el hombro nos llama una palmada;
vuelve los ojos locos, y todo lo vivido
se empoza, como charco de culpa, en la mirada.

Hay golpes en la vida, tan fuertes... Yo no sé!

검은 전령

사노라면 겪는 고통, 너무나 지독한…… 모르겠어!
신의 증오 같은 고통. 그 앞에선 가슴 아린
지난날이 밀물이 되어 온통
영혼에 고이는 듯…… 모르겠어!

이따금 찾아오지만 고통은 고통이지…… 사나운 얼굴에도
단단한 등짝에도 검은 골을 파 놓는.
어쩌면 야만스러운 아틸라[1]의 기마병,
아니면 죽음의 신이 우리에게 보내는 검은 전령.

그건 영혼의 구세주들이, 운명에 모욕당한
고결한 믿음이 까마득히 추락하는 것.
화덕 입구에서 손꼽아 기다리던 빵이
타닥타닥 타들어 갈 때의 피투성이 고통.

그러면…… 가련한…… 가련한 사내! 고개를 돌리네,
누가 어깨를 툭 치며 부르기라도 한 것처럼.
그는 실성한 눈으로 돌아보고, 살아온 세월이
죄악의 웅덩이처럼 온통 그의 시선에 고이네.

사노라면 겪는 고통, 너무나 지독한…… 모르겠어!

날렵한 천장

Deshojación sagrada

Luna! Corona de una testa inmensa,
que te vas deshojando en sombras gualdas!
Roja corona de un Jesús que piensa
trágicamente dulce de esmeraldas!

Luna! Alocado corazón celeste
¿por qué bogas así, dentro la copa
llena de vino azul, hacia el oeste,
cual derrotada y dolorida popa?

Luna! Y a fuerza de volar en vano,
te holocaustas en ópalos dispersos:
tú eres talvez mi corazón gitano
que vaga en el azul llorando versos!...

성스럽게 낙엽이 지다

달! 거대한 머리의 왕관,
넌 황금의 그림자로 한 잎 한 잎 떨어진다!
생각에 잠긴 예수의 붉은 에메랄드 왕관,
비극적으로 달콤하여라!

달! 실성한 하늘빛 가슴,
넌 왜 푸른 포도주 찰랑이는
잔 속에서, 처참히 부서진 선미(船尾)처럼,
하염없이 서쪽으로 노를 젓느냐?

달! 날아가려고 헛되이 바둥대며,
넌 산산이 부서져 오팔로 흩어진다.
어쩌면 넌 시구절을 흐느끼며
푸른 하늘을 떠도는 나의 집시 가슴! ……

Comunión

Linda Regia! Tus venas son fermentos
de mi noser antiguo y del champaña
negro de mi vivir!

Tu cabello es la ignota raicilla
del árbol de mi vid.
Tu cabello es la hilacha de una mitra
de ensueño que perdí!

Tu cuerpo es la espumante escaramuza
de un rosado Jordán;
y ondea, como un látigo beatífico
que humillara a la víbora del mal!

Tus brazos dan la sed de lo infinito,
con sus castas hespérides de luz,
cual dos blancos caminos redentores,
dos arranques murientes de una cruz.
Y están plasmados en la sangre invicta
de mi imposible azul!

Tus pies son dos heráldicas alondras

영성체

아름다운 여왕! 당신의 혈관은 내
오랜 비(非)존재와 내 삶의 검은
샴페인의 효소!

당신의 머리카락은 내 포도나무의
미지의 잔뿌리.
당신의 머리카락은 내가 잃어버린
꿈의 주교관(主敎冠)²의 실오리!

당신의 몸은 장밋빛 요단강의
부서지는 물결.
일렁인다, 악의 독사를
뭉개는 부드러운 채찍처럼!

당신의 팔은 빛나는 순결한 샛별로
무한에 대한 갈증을 일으키네,
한 쌍의 하얀 구원의 길처럼,
썩어 가는 두 개의 십자가 밑동처럼.
그리고 불가능한 푸른빛을 머금은
나의 불패의 피로 발현되었네!

당신의 발은 끝없이 나의 어제에서

que eternamente llegan de mi ayer!

Linda Regia! Tus pies son las dos lágrimas

que al bajar del Espíritu ahogué,

un Domingo de Ramos que entré al Mundo,

ya lejos para siempre de Belén!

도착하는 두 마리 전령 종달새!
아름다운 여왕! 당신의 발은
이미 내가 베들레헴에서 영영 멀어져,
세상 속으로 들어간 어느 종려 주일,
영혼에서 내려올 때 삼킨 두 방울의 눈물!

Nervazón de angustia

Dulce hebrea, desclava mi tránsito de arcilla;
desclava mi tensión nerviosa y mi dolor...
Desclava, amada eterna, mi largo afán y los
dos clavos de mis alas y el clavo de mi amor!

Regreso del desierto donde he caído mucho;
retira la cicuta y obséquiame tus vinos:
espanta con un llanto de amor a mis sicarios,
cuyos gestos son férreas cegueras de Longinos!

Desclávame mis clavos ¡oh nueva madre mía!
¡Sinfonía de olivos, escancia tu llorar!
Y has de esperar, sentada junto a mi carne muerta,
cuál cede la amenaza, y la alondra se va!

Pasas... vuelves... Tus lutos trenzan mi gran cilicio
con gotas de curare, filos de humanidad,
la dignidad roquera que hay en tu castidad,
y el judithesco azogue de tu miel interior.

Son las ocho de una mañana en crema brujo...
Hay frío... Un perro pasa royendo el hueso de otro

고뇌의 발작

달콤한 유대 여인아, 내 진흙 낭하의 못을 뽑아 다오.
내 신경 불안과 내 고통의 못을 뽑아 다오……
영원한 연인아, 내 오랜 열망의 못을,
내 두 날개의 못과 내 사랑의 못을 뽑아 다오.

지금껏 숱하게 쓰러졌던 사막에서 나 돌아가니,
독미나리를 치우고 그대의 포도주를 내어 다오.
사랑의 흐느낌으로 나의 자객들을 쫓아 다오,
그들의 표정은 론지노[3]의 냉혹한 맹목!

내게서 못을 뽑아 다오, 오 나의 새어머니!
올리브나무들의 교향악이여, 내 잔에 그대의 눈물을
    따라라!
그대는 기다려야 한다, 나의 죽은 몸뚱이 옆에 앉아,
위협이 잦아들고 종달새 날아갈 때까지!

그대는 지나갔다가…… 돌아오고…… 그대의 애도는 커다란
    내 고행의를 짓는다
독약 방울로, 인간애의 칼날로,
그대의 순결에 거처하는 바위 같은 기품으로,
그대 가슴 속 꿀이 품은 유디트적 수은으로.

perro que fue... Y empieza a llorar en mis nervios
un fósforo que en cápsulas de silencio apagué!

Y en mi alma hereje canta su dulce fiesta asiática
un dionisíaco hastío de café...!

마법의 크림 같은 아침 8시……
날이 차다…… 개 한 마리가 죽은 개의 뼈다귀를
　　물어뜯으며
지나가고…… 침묵의 캡슐에 꺼 버린 성냥이
내 신경에서 울부짖기 시작한다!

나의 이단적인 영혼 속에서 커피의 디오니소스적 권태가
감미로운 아시아의 향연을 노래한다……!

Bordas de hielo

Vengo a verte pasar todos los días,
vaporcito encantado siempre lejos...
Tus ojos son dos rubios capitanes;
tu labio es un brevísimo pañuelo
rojo que ondea en un adiós de sangre!

Vengo a verte pasar; hasta que un día,
embriagada de tiempo y de crueldad,
vaporcito encantado siempre lejos,
la estrella de la tarde partirá!

Las jarcias; vientos que traicionan; vientos
de mujer que pasó!
Tus fríos capitanes darán orden;
y quien habrá partido seré yo...!

차가운 뱃전

날마다 네가 지나가는 모습을 보러 간다,
언제나 저 멀리 있는 황홀한 작은 수증기여……
네 두 눈은 금발의 선장,
네 입술은 핏빛 작별 속에서
흔들리는 찰나의 빨간 손수건!

네가 지나가는 모습을 보러 간다. 언제나 저 멀리 있는
황홀한 작은 수증기여, 마침내 어느 날,
저녁 별은 떠나리라,
시간과 잔혹함에 취해!

삭구(索具)들, 배반의 바람, 지나쳐 간
여인의 바람!
너의 냉혹한 선장들은 명령을 내리리라.
결국 떠나게 될 사람은 바로 나……!

Nochebuena

Al callar la orquesta, pasean veladas
sombras femeninas bajo los ramajes,
por cuya hojarasca se filtran heladas
quimeras de luna, pálidos celajes.

Hay labios que lloran arias olvidadas,
grandes lirios fingen los ebúrneos trajes.
Charlas y sonrisas en locas bandadas
perfuman de seda los rudos boscajes.

Espero que ría la luz de tu vuelta;
y en la epifanía de tu forma esbelta
cantará la fiesta en oro mayor.

Balarán mis versos en tu predio entonces,
canturreando en todos sus místicos bronces
que ha nacido el niño-jesús de tu amor.

성탄 전야

오케스트라가 침묵할 때, 베일 쓴
여인들의 그림자 나뭇가지 밑을 지나가고,
마른 나뭇잎들 사이로 차가운 달빛 망상,
창백한 노을 구름이 스민다.

망각 속의 아리아를 흐느끼는 입술들이 있고,
상아색 드레스는 커다란 붓꽃을 가장한다.
실성한 무리들의 수다와 미소가
거친 풀숲에 실크 향을 뿌린다.

햇살이 그대의 귀환을 웃음으로 맞아 주길.
그대가 단아한 자태를 드러내면
축제는 금빛 장조로 노래하리라.

그러면 나의 시는 그대의 땅에서 음메 하고 울리라,
온통 신비로운 구릿빛에 싸여, 그대 사랑의
아기 예수가 탄생했다고 흥얼거리며.

Ascuas

—— Para Domingo Parra del Riego

Luciré para Tilia, en la tragedia
mis estrofas en ópimos racimos;
sangrará cada fruta melodiosa,
como un sol funeral, lúgubres vinos,
Tilia tendrá la cruz
que en la hora final será de luz!

Prenderé para Tilia, en la tragedia,
la gota de fragor que hay en mis labios;
y el labio, al encresparse para el beso,
se partirá en cien pétalos sagrados.
Tilia tendrá el puñal,
el puñal floricida y auroral!

Ya en la sombra, heroína, intacta y mártir,
tendrás bajo tus plantas a la Vida;
mientras veles, rezando mis estrofas,
mi testa, como una hostia en sangre tinta!
Y en un lirio, voraz,
mi sangre, como un virus, beberás!

불씨
— 도밍고 파라 델 리에고[4]에게

비극 속에서, 탐스러운 송이로 영근
나의 시를 틸리아[5]를 위해 환히 밝히리라.
선율적인 열매마다 피를 흘리겠지,
침울한 태양, 처연한 포도주처럼.
        틸리아는 최후의 순간에
빛이 될 십자가를 갖게 되리라!

비극 속에서, 내 입술에 거처하는
굉음 방울을 틸리아를 위해 밝히리라.
입맞춤을 위해 잔물결을 일으킬 때 입술은
백 개의 성스러운 꽃잎으로 갈라지겠지.
        틸리아는 비수를 갖게 되리라,
꽃의 숨을 끊는 여명의 비수!

순결한 순교자, 여걸이여, 그대는 이제 어둠속
발아래에 생명의 신(神)을 두게 되리라.
그대 나의 시구절로 기도하며 밤을 지새우는 동안,
검붉은 피로 물든 성체 같은, 나의 머리!
        한 송이 붓꽃에서, 그대는 바이러스처럼,
나의 피를 마시리라, 게걸스럽게!

Medialuz

He soñado una fuga. Y he soñado
tus encajes dispersos en la alcoba.

A lo largo de un muelle, alguna madre;

y sus quince años dando el seno a una hora.

He soñado una fuga. Un "para siempre"
suspirado en la escala de una proa;

he soñado una madre;

unas frescas matitas de verdura,

y el ajuar constelado de una aurora.

A lo largo de un muelle...
Y a lo largo de un cuello que se ahoga!

희미한 빛

나는 도주를 꿈꾸었다. 침실에
흩어진 당신의 레이스를 꿈꾸었다.
부두를 따라, 어떤 어머니.
한 시간째 젖을 물리고 있는 그녀의 15년 세월.

나는 도주를 꿈꾸었다. 뱃머리의
트랩에서 한숨처럼 토해 낸 "영영".
어떤 어머니를 꿈꾸었다.
싱싱한 푸성귀 줄기와
별빛 가득한 새벽녘의 살림 도구들.

부두를 따라……
숨 막히는 목구멍을 따라!

Sauce

Lirismo de invierno, rumor de crespones,
cuando ya se acerca la pronta partida;
agoreras voces de tristes canciones
que en la tarde rezan una despedida.

Visión del entierro de mis ilusiones
en la propia tumba de mortal herida.
Caridad verónica de ignotas regiones,
donde a precio de éter se pierde la vida.

Cerca de la aurora partiré llorando;
y mientras mis años se vayan curvando,
curvará guadañas mi ruta veloz.

Y ante fríos óleos de luna muriente,
con timbres de aceros en tierra indolente,
cavarán los perros, aullando, un adiós!

버드나무

겨울 서정, 주름 천 바스락거리는 소리,
이제 갑작스러운 출행이 다가온다.
해거름에 작별을 기원하는
구슬픈 노래의 불길한 목소리.

그 치명적인 상처의 무덤에
내 꿈을 매장하는 광경.
천상의 대가로 생명을 잃는 곳,
미지의 지역들에서 온 베로니카[6]의 자애.

동틀 녘 난 울며 떠나리라.
나의 세월이 휘어져 갈 때,
덧없는 나의 인생길도 벌낫처럼 휘어지겠지.

사위어 가는 달의 차가운 성유(聖油) 앞에서,
개들은 게으른 땅의 쇳소리로,
울부짖으며, 작별을 파헤치리라!

Ausente

Ausente! La mañana en que me vaya
más lejos de lo lejos, al Misterio,
como siguiendo inevitable raya,
tus pies resbalarán al cementerio.

Ausente! La mañana en que a la playa
del mar de sombra y del callado imperio,
como un pájaro lúgubre me vaya,
será el blanco panteón tu cautiverio.

Se habrá hecho de noche en tus miradas;
y sufrirás, y tomarás entonces
penitentes blancuras laceradas.

Ausente! Y en tus propios sufrimientos
ha de cruzar entre un llorar de bronces
una jauría de remordimientos!

부재하는 사람

부재하는 사람아! 피할 수 없는
선(線)을 따라가듯, 신비를 찾아
내가 먼먼 곳으로 떠나는 아침,
그대의 두 발은 무덤으로 미끄러지겠지.

부재하는 사람아! 쓸쓸한 한 마리 새처럼,
내가 어둠의 바다와 침묵의 제국의
해변으로 떠나는 아침,
하얀 묘지는 그대의 족쇄가 되겠지.

그대의 눈길에 밤이 찾아오리라.
그대는 고통받고, 끝내는
찢긴 참회의 순백을 띠게 되겠지.

부재하는 사람아! 그대 자신의 고통 속에서
한 떼의 사냥개처럼 회한이
청동빛 흐느낌 사이를 가로지르겠지!

Avestruz

Melancolía, saca tu dulce pico ya;
no cebes tus ayunos en mis trigos de luz.
Melancolía, basta! Cuál beben tus puñales
la sangre que extrajera mi sanguijuela azul!

No acabes el maná de mujer que ha bajado;
yo quiero que de él nazca mañana alguna cruz,
mañana que no tenga yo a quien volver los ojos,
cuando abra su gran O de burla el ataúd.

Mi corazón es tiesto regado de amargura;
hay otros viejos pájaros que pastan dentro de él...
Melancolía, deja de secarme la vida,
y desnuda tu labio de mujer...!

타조

멜랑콜리여, 이제 네 달콤한 부리를 내밀어라.
반짝이는 나의 밀로 주린 배를 채우지 마라.
멜랑콜리여, 이제 그만! 너의 비수는 내 파란
거머리가 빨아낸 피를 어찌나 마셔 대는지!

하늘에서 내려온 여인의 만나[7]를 바닥내지 마라.
거기에서 내일 십자가 하나 생겨나면 좋으련만.
내일은 눈을 돌려 바라볼 사람 하나 없고,
관은 커다란 비웃음의 원(圓)을 열겠지.

내 가슴은 슬픔이 뿌려진 질그릇 조각,
그 안에서 다른 늙은 새들이 풀을 쪼아 대고 있어……
멜랑콜리여, 더 이상 내 삶을 말라붙게 하지 말고,
너의 여인 입술을 드러내렴……!

Bajo los álamos

— Para José Eulogio Garrido

Cual hieráticos bardos prisioneros,
los álamos de sangre se han dormido.
Rumian arias de yerba al sol caído,
las greyes de Belén en los oteros.

El anciano pastor, a los postreros
martirios de la luz estremecido,
en sus pascuales ojos ha cogido
una casta manada de luceros.

Labrado en orfandad baja el instante
con rumores de entierro, al campo orante;
y se otoñan de sombra las esquilas.

Supervive el azul urdido en hierro,
y en él, amortajadas las pupilas,
traza su aullido pastoral un perro.

미루나무 아래서
— 호세 에울로히오 가리도[8]에게

옥에 갇힌 무표정한 시인들처럼,
핏빛 미루나무들이 잠들었다.
둔덕 위 베들레헴의 가축 떼,
지는 해 바라보며 풀의 아리아를 되새김한다.

양치기 노인, 빛의 최후의
순교에 몸을 떨며,
부활절의 두 눈에 반짝이는 순결한
별 무리를 붙들었다.

찰나가 매장(埋葬)의 소리와 함께,
외로이, 기도하는 들판으로 내려온다.
워낭에 가을 그림자가 드리운다.

푸름은 쇠로 날실을 놓아 살아남고,
그 속에서, 수의에 눈동자가 덮인 채,
개 한 마리 목가적인 울음을 토한다.

잠수부들

La araña

Es una araña enorme que ya no anda;
una araña incolora, cuyo cuerpo,
una cabeza y un abdomen, sangra.

Hoy la he visto de cerca. Y con qué esfuerzo
hacia todos los flancos
sus pies innumerables alargaba.
Y he pensado en sus ojos invisibles,
los pilotos fatales de la araña.

Es una araña que temblaba fija
en un filo de piedra;
el abdomen a un lado,
y al otro la cabeza.

Con tantos pies la pobre, y aún no puede
resolverse. Y, al verla
atónita en tal trance,
hoy me ha dado qué pena esa viajera.

Es una araña enorme, a quien impide
el abdomen seguir a la cabeza.

거미

이젠 걷지 못하는 커다란 거미,
몸통이라곤 머리와 배뿐인
무색의 거미가 피를 흘린다.

오늘 가까이서 거미를 보았다.
무수한 다리를 사방으로 뻗으며
어찌나 발버둥 치던지.
난 거미의 운명을 좌우하는 조종사인
보이지 않는 눈을 생각했다.

돌 가장자리에 붙어
몸을 떨고 있던 거미,
배는 한쪽에
머리는 다른 쪽에 두고.

그 많은 다리를 갖고도 가엾은 거미는
여전히 속수무책이다. 절박한 순간에
망연자실 허둥대는 모습을 보고 있자니,
오늘 그 여행자가 어찌나 딱하던지.

불룩한 배가 걸리적거려
머리를 따라가지 못하는 커다란 거미.

Y he pensado en sus ojos

y en sus pies numerosos...

¡Y me ha dado qué pena esa viajera!

나는 생각했다, 그의 눈과
무수한 다리를……
그 여행자가 어찌나 딱하던지!

Babel

Dulce hogar sin estilo, fabricado
de un solo golpe y de una sola pieza
de cera tornasol. Y en el hogar
ella daña y arregla; a veces dice:
"El hospicio es bonito; aquí no más!"
¡Y otras veces se pone a llorar!

바벨

해바라기색 밀랍 조각 하나로
단숨에 뚝딱 지은, 볼품없는
스위트홈. 그녀는 집 안에서
망가뜨리고 수리한다. 때로는 말한다.
"수용소는 멋져. 여기면 됐어!"
또 어떤 때는 울음을 터뜨린다!

Romería

Pasamos juntos. El sueño
lame nuestros pies qué dulce;
y todo se desplaza en pálidas
renunciaciones sin dulce.

Pasamos juntos. Las muertas
almas, las que, cual nosotros,
cruzaron por el amor,
con enfermos pasos ópalos,
salen en sus lutos rígidos
y se ondulan en nosotros.

Amada, vamos al borde
frágil de un montón de tierra.
Va en aceite ungida el ala,
y en pureza. Pero un golpe,
al caer yo no sé dónde,
afila de cada lágrima
un diente hostil.

Y un soldado, un gran soldado,
heridas por charreteras,

순례

우리는 함께 걸어간다. 잠이
어쩌나 다정하게 발을 핥아 대는지.
온 세상이 핏기 없는 쓸쓸한
체념으로 옮겨 간다.

우리는 함께 걸어간다. 우리들처럼
사랑 때문에 이 길을
가로지른 죽은 영혼들,
뻣뻣한 수의를 입고 나타나
오팔의 병든 걸음걸이로
우리 몸속에서 넘실댄다.

사랑하는 사람아, 부서지기 쉬운
흙더미의 가장자리로 가자.
날개는 순결한 성유(聖油)를 바르고
날아오른다. 그러나 알 수 없는
곳에 추락할 때, 충격으로
눈물방울 하나하나 적대적인
이빨로 버려진다.

한 병사, 견장에 상처 입은
위대한 병사,

se anima en la tarde heroica,

y a sus pies muestra entre risas,

como una gualdrapa horrenda,

el cerebro de la Vida.

Pasamos juntos, muy juntos,

invicta Luz, paso enfermo;

pasamos juntos las lilas

mostazas de un cementerio.

비장한 오후에 활기를 띠고,
웃음소리 사이로,
발아래에 흉측한 헝겊 같은
삶의 뇌를 내보인다.

우리는 함께 걸어간다, 꼭 붙어서,
불굴의 빛, 병자의 걸음걸이로,
우리는 함께 묘지의 겨자색
라일락 옆을 지난다.

El palco estrecho

Más acá, más acá. Yo estoy muy bien.
Llueve; y hace una cruel limitación.
Avanza, avanza el pie.

Hasta qué hora no suben las cortinas
esas manos que fingen un zarzal?
Ves? Los otros, qué cómodos, qué efigies.
Más acá, más acá!

Llueve. Y hoy tarde pasará otra nave
cargada de crespón;
será como un pezón negro y deforme
arrancado a la esfíngica Ilusión.

Más acá, más acá. Tú estás al borde
y la nave arrastrarte puede al mar.
Ah, cortinas inmóviles, simbólicas...
Mi aplauso es un festín de rosas negras:
cederte mi lugar!
Y en el fragor de mi renuncia,
un hilo de infinito sangrará.

좁은 관람석

이리 와, 더 가까이. 난 잘 지내.
비가 내리고 있어, 잔인한 장막을 드리우며.
내딛어, 발을 내딛어.

가시덤불의 탈을 쓴 그 손들은
몇 시쯤에나 커튼을 올릴까?
보이지? 다른 사람들이 얼마나 안락한지, 어떤 모습인지.
이리 와, 더 가까이!

비가 내리고 있어. 오늘 늦게 주름 천을 싣고
다른 배가 지나갈 거야,
불가사의한 환영에서 떼어 낸
시커멓고 흉측한 젖꼭지 같겠지.

이리 와, 더 가까이. 넌 가장자리에 있잖아.
그러다 배가 너를 바다로 끌고 들어가겠어.
아, 꼼짝 않는 상징의 커튼들……
나의 박수는 검은 장미들의 축제.
내 자리를 너에게 내줄게!
나의 체념의 굉음 속에서
영겁의 실올 하나 피 흘리겠지.

Yo no debo estar tan bien;

avanza, avanza el pie!

난 이렇게 잘 지내면 안 돼.
내딛어, 발을 내딛어!

대지에서

¿ · · · · · · · · · · · ·

— Si te amara... qué sería?

— Una orgía!

— Y si él te amara?

Sería

todo rituario, pero menos dulce.

Y si tú me quisieras?

La sombra sufriría

justos fracasos en tus niñas monjas.

Culebrean latigazos,

cuando el can ama a su dueño?

— No; pero la luz es nuestra.

Estás enfermo... Vete... Tengo sueño!

(Bajo la alameda vesperal

se quiebra un fragor de rosa).

— Idos, pupilas, pronto...

Ya retoña la selva en mi cristal!

…………?

—— 만약 내가 너를 사랑하면…… 어떻게 될까?
—— 광란의 잔치!
—— 만약 그가 너를 사랑하면?
속속들이
격식을 갖추겠지만, 덜 달콤하겠지.

만약 네가 나를 사랑하면?
어둠은 네 수녀 눈동자에서
분명 좌절을 맛보겠지.

개가 주인을 사랑하는데
채찍을 휘두르던?
—— 아니, 하지만 빛은 우리 거야.
너 아프구나…… 저리 가…… 나 졸려!

(해 질 녘 미루나무 숲에서
장미의 굉음이 부서진다.)
—— 가라, 눈동자들아, 어서……
어느덧 내 창유리에 숲이 다시 움튼다!

El poeta a su amada

Amada, en esta noche tú te has crucificado
sobre los dos maderos curvados de mi beso;
y tu pena me ha dicho que Jesús ha llorado,
y que hay un viernessanto más dulce que ese beso.

En esta noche rara que tanto me has mirado,
la Muerte ha estado alegre y ha cantado en su hueso.
En esta noche de setiembre se ha oficiado
mi segunda caída y el más humano beso.

Amada, moriremos los dos juntos, muy juntos;
se irá secando a pausas nuestra excelsa amargura;
y habrán tocado a sombra nuestros labios difuntos.

Y ya no habrán reproches en tus ojos benditos;
ni volveré a ofenderte. Y en una sepultura
los dos nos dormiremos, como dos hermanitos.

시인이 연인에게

사랑하는 사람아, 오늘 밤 그대는 십자가에 못 박혔네,
내 입맞춤의 두 개의 굽은 통나무 위에.
그대의 고통은 내게 말했지, 예수께서 눈물 흘리셨다고,
그 입맞춤보다 더 달콤한 성금요일[9]이 있다고.

그대가 나를 하염없이 바라본 이 기묘한 밤,
죽음의 신은 기쁨에 들떠 뼛속 깊이 노래했지.
9월 이 밤에 나의 두 번째 추락과
가장 인간적인 입맞춤이 있었네.

사랑하는 사람아, 우리 둘은 함께 죽으리라, 한 몸이 되어.
우리의 숭고한 응어리는 더디게 말라 가겠지.
또 우리의 죽은 입술은 어둠에 닿겠지.

성스러운 그대 두 눈에 더 이상 책망은 없을 거야.
나 다시는 그대를 욕되게 하지 않으리니. 우리 두 사람
한 무덤에서 잠들리라, 다정한 오누이처럼.

Verano

Verano, ya me voy. Y me dan pena
las manitas sumisas de tus tardes.
Llegas devotamente; llegas viejo;
y ya no encontrarás en mi alma a nadie.

Verano! Y pasarás por mis balcones
con gran rosario de amatistas y oros,
como un obispo triste que llegara
de lejos a buscar y bendecir
los rotos aros de unos muertos novios.

Verano, ya me voy. Allá, en setiembre
tengo una rosa que te encargo mucho;
la regarás de agua bendita todos
los días de pecado y de sepulcro.

Si a fuerza de llorar el mausoleo,
con luz de fe su mármol aletea,
levanta en alto tu responso, y pide
a Dios que siga para siempre muerta.
Todo ha de ser ya tarde,
y tú no encontrarás en mi alma a nadie.

여름

여름아, 나 이제 가런다. 네 오후의
다소곳한 작은 손들이 눈에 밟히는구나.
넌 늙은 몸으로 허겁지겁 도착하지만,
이젠 내 영혼에서 그 누구도 찾아내지 못할 거야.

여름아! 넌 자수정과 황금으로 만든 커다란
묵주를 들고 내 발코니 앞을 지나가겠지,
죽은 연인들의 깨진 반지를
찾아 축성하기 위해 멀리서
찾아오는 슬픈 주교처럼.

여름아, 나 이제 가런다. 저 9월에
장미 한 송이를 온전히 네게 맡길게.
죄와 무덤의 날엔
잊지 말고 성수를 뿌려 주렴.

무덤이 울부짖어,
대리석이 신앙의 빛으로 날갯짓하면,
소리 높여 위령 기도를 바치고, 그 빛이 영원히
죽어 있게 해 달라고 하느님께 간구하렴.
모든 것이 이미 늦었을 테지.
넌 내 영혼에서 그 누구도 찾아내지 못할 거야.

Ya no llores, Verano! En aquel surco

muere una rosa que renace mucho...

여름아, 이제 울지 마! 저 고랑에서 말라 가는
장미 한 송이 죽어 영원히 다시 태어나리니……

Setiembre

Aquella noche de setiembre, fuiste
tan buena para mí... hasta dolerme!
Yo no sé lo demás; y para eso,
no debiste ser buena, no debiste.

Aquella noche sollozaste al verme
hermético y tirano, enfermo y triste.
Yo no sé lo demás... y para eso,
yo no sé por qué fui triste... tan triste...!

Sólo esa noche de setiembre dulce,
tuve a tus ojos de Magdala, toda
la distancia de Dios... y te fui dulce!

Y también fue una tarde de setiembre
cuando sembré en tus brasas, desde un auto,
los charcos de esta noche de diciembre.

9월

9월 그날 밤, 넌 내게
한없이 살가웠어…… 마음이 아릴 만큼!
다른 건 모르겠어. 그 일이라면,
그렇게 살가울 필요가 없었는데, 그렇게.

그날 밤 넌 포악하고 속을 알 수 없는,
병든 슬픈 나를 보고 흐느꼈어.
다른 건 모르겠어…… 그 일이라면,
내가 왜 슬펐는지 모르겠어…… 왜 그토록 슬펐는지…!

오직 감미로운 9월 그날 밤에만
너의 막달라[10]의 눈에서 하느님과의 아득한
거리(距離)를 보았고, 난 네게 다정했어!

내가, 어느 자동차에서 네 숯불에
12월 오늘 밤의 웅덩이 물을
흩뿌린 것도 9월 어느 저녁이었어.

Heces

Esta tarde llueve, como nunca; y no
tengo ganas de vivir, corazón.

Esta tarde es dulce. Por qué no ha de ser?
Viste gracia y pena; viste de mujer.

Esta tarde en Lima llueve. Y yo recuerdo
las cavernas crueles de mi ingratitud;
mi bloque de hielo sobre su amapola,
más fuerte que su "No seas así!"

Mis violentas flores negras; y la bárbara
y enorme pedrada; y el trecho glacial.
Y pondrá el silencio de su dignidad
con óleos quemantes el punto final.

Por eso esta tarde, como nunca, voy
con este búho, con este corazón.

Y otras pasan; y viéndome tan triste,
toman un poquito de ti
en la abrupta arruga de mi hondo dolor.

앙금

이 저녁 비가 내린다, 전에 없이.
내 사랑아, 난 살고 싶지가 않다.

이 저녁은 달콤하다. 왜, 그러면 안 돼?
단아함과 아픔을 걸치고 있다, 여인의 옷차림처럼.

이 저녁 리마에 비가 내린다. 나의
망은(忘恩)의 잔혹한 동굴을 떠올린다.
그 양귀비 위 내 얼음덩이,
"이러지 마!"라는 말보다 더 단단한.

억센 나의 검은 꽃들, 가공할
야만적인 돌팔매질, 얼음장 같은 간극.
그 기품 있는 침묵이 뜨거운 성유(聖油)로
마침표를 찍으리라.

그러므로 이 저녁, 난 이 부엉이,
이 심장과 동행한다, 전에 없이.

다른 여인들이 지나간다. 시름에 잠긴 나를 바라보며
내 깊은 고통의 거친 주름에서
어렴풋이 그대의 존재를 읽어 낸다.

Esta tarde llueve, llueve mucho. ¡Y no
tengo ganas de vivir, corazón!

이 저녁 비가 내린다, 하염없이. 내 사랑아,
난 살고 싶지가 않다!

Impía

Señor! Estabas tras los cristales
humano y triste de atardecer;
y cuál lloraba tus funerales
      esa mujer!

Sus ojos eran el jueves santo,
dos negros granos de amarga luz!
Con duras gotas de sangre y llanto
      clavó tu cruz!

Impía! Desde que tú partiste,
Señor, no ha ido nunca al Jordán,
en rojas aguas su piel desviste,
y al vil judío le vende pan!

불경한 여인

주님! 해 질 녘 당신은 창유리 뒤에서
저희 인간처럼 슬퍼하셨습니다.
그 여인은 당신의 장례에서 얼마나 목메어
　　　　울었던가요!

그녀의 눈은 성목요일,
쓸쓸한 빛의 검은 날알 두 개!
단단한 피와 통곡의 방울로
　　　　당신의 십자가를 못 박았습니다!

불경한 여인! 주님, 당신이 떠나신
뒤로, 그녀는 두 번 다시 요단강을 찾지 않았습니다,
그녀는 붉은 물에 살갗을 훤히 드러내고,
비열한 유대인에게 빵을 팝니다!

La copa negra

La noche es una copa de mal. Un silbo agudo
del guardia la atraviesa, cual vibrante alfiler.
Oye, tú, mujerzuela, ¿cómo, si ya te fuiste,
la onda aún es negra y me hace aún arder?

La Tierra tiene bordes de féretro en la sombra.
Oye, tú, mujerzuela, no vayas a volver.

Mi carne nada, nada
en la copa de sombra que me hace aún doler;
mi carne nada en ella
como en un pantanoso corazón de mujer.

Ascua astral... He sentido
secos roces de arcilla
sobre mi loto diáfano caer.
Ah, mujer! Por ti existe
la carne hecha de instinto. Ah mujer!

Por eso ¡oh, negro cáliz! aun cuando ya te fuiste,
me ahogo con el polvo,
y piafan en mis carnes más ganas de beber!

검은 잔

밤은 악의 잔. 야경꾼의 날카로운
호각 소리, 진동하는 핀처럼 밤을 가른다.
이봐, 망할 여자야, 넌 이미 가 버렸는데, 어찌하여
파도는 아직 검고 여전히 내 가슴을 불태운단 말이냐?

대지의 어둠 속에는 관의 가장자리가 있다.
이봐, 망할 여자야, 돌아오지 마라.

내 몸뚱이는 헤엄치고, 또 헤엄친다,
아직도 나를 아프게 하는 어둠의 잔 속에서.
내 몸뚱이는 그 안에서 헤엄친다,
여인의 질퍽한 가슴 속인 양.

별의 불씨…… 난 느꼈다,
내 투명한 연꽃 위로 점토의
마른 마찰 흔적들이 떨어지는 것을.
아, 여인아! 본능으로 빚어진 몸뚱이는
너로 인해 살아 있다. 아 여인아!

오, 검은 잔! 그러므로 넌 이미 떠났지만
난 먼지에 숨이 막히고,
내 몸뚱이에선 갈수록 갈증이 발버둥친다!

Deshora

Pureza amada, que mis ojos nunca
llegaron a gozar. Pureza absurda!

Yo sé que estabas en la carne un día,
cuando yo hilaba aún mi embrión de vida.

Pureza en falda neutra de colegio;
y leche azul dentro del trigo tierno

a la tarde de lluvia, cuando el alma
ha roto su puñal en retirada,

cuando ha cuajado en no sé qué probeta
sin contenido una insolente piedra,

cuando hay gente contenta; y cuando lloran
párpados ciegos en purpúreas bordas.

Oh, pureza que nunca ni un recado
me dejaste, al partir del triste barro

ni una migaja de tu voz; ni un nervio

어긋난 시간

사랑하는 순수. 나의 눈이 단 한 번도
누리지 못했던, 터무니없는 순수!

네가 언젠가 내 몸 안에 있었음을 안다,
그때 난 아직 생명의 씨눈을 잣고 있었지.

잿빛 교복 스커트 차림의 순수,
비 내리던 오후, 여린

밀알 속의 푸른 젖, 영혼은
물러가며 단도를 깨뜨리고,

텅 빈 미지의 시험관 안에서
당돌한 돌멩이 하나 딱딱하게 굳어진 오후,

행복해하는 사람들이 있고, 자줏빛
뱃전에서 눈먼 눈꺼풀 눈물 흘린다.

오, 순수여, 넌 슬픈 점토를 떠날 때,
내게 전언(傳言) 하나,

네 목소리의 부스러기 하나, 네가 베푼 샛별들의

de tu convite heroico de luceros.

Alejaos de mí, buenas maldades,

dulces bocas picantes...

Yo la recuerdo al veros ¡oh, mujeres!

Pues de la vida en la perenne tarde,

nació muy poco ¡pero mucho muere!

용장한 향연의 티끌 하나 남기지 않았다.

내게서 사라져라, 선한 요물아,
달콤하면서 매운 입들아……

너희들을 볼 때 난 순수를 떠올린다, 오 여인들아!
끝없이 이어지는 삶의 오후에,
손톱만큼 태어났지만, 그러나 뭉텅뭉텅 죽으니!

Fresco

Llegué a confundirme con ella,
tanto...! Por sus recodos
espirituales, yo me iba
jugando entre tiernos fresales,
entre sus griegas manos matinales.

Ella me acomodaba después los lazos negros
y bohemios de la corbata. Y yo
volvía a ver la piedra
absorta, desairados los bancos, y el reloj
que nos iba envolviendo en su carrete,
al dar su inacabable molinete.

Buenas noches aquellas,
que hoy la dan por reír
de mi extraño morir,
de mi modo de andar meditabundo.
Alfeñiques de oro,
joyas de azúcar
que al fin se quiebran en
el mortero de losa de este mundo.

프레스코화

나 자신을 그녀와 혼동하기에 이르렀다,
완벽하게……! 그녀 영혼의
굽이들을 통해, 난 계속
놀이를 했다, 부드러운 딸기밭 사이에서,
아침 햇살 내려앉은 그녀의 그리스인 손들 사이에서.

그녀는 나중에 내게 보헤미안적인 검은
넥타이 매듭을 매 주었다. 그러자 눈앞에
연이어 나타났다, 얼빠진
돌멩이, 축 늘어진 벤치들, 풍차처럼
끝없이 돌며 태엽에 우리를
감았던 시계.

오늘 그녀로 하여금 기이한
내 죽음을, 상념에 잠긴 내
걸음걸이를 비웃게 하는,
그 아름다웠던 밤들.
황금 꽈배기 과자,
결국 이 세상의 무덤 석판
회반죽에서 부서지는
설탕 보석들.

Pero para las lágrimas de amor,

los luceros son lindos pañuelitos

lilas,

naranjas,

verdes,

que empapa el corazón.

Y si hay ya mucha hiel en esas sedas,

hay un cariño que no nace nunca,

que nunca muere,

vuela otro gran pañuelo apocalíptico,

la mano azul, inédita de Dios!

그러나 사랑의 눈물에게,
샛별들은 가슴을 적시는,
연보랏빛,
오렌지빛,
초록빛
앙증맞은 예쁜 손수건.
지금 그 비단에 진한 쓰라림이 있다면,
결코 태어나지 못하는,
결코 스러지지 않는 애정이 있다면,
묵시록적인 다른 거대한 손수건이 날아오르리라,
하느님의, 미증유의 푸른 손이!

Yeso

Silencio. Aquí se ha hecho ya de noche,
ya tras del cementerio se fue el sol;
aquí se está llorando a mil pupilas:
no vuelvas; ya murió mi corazón.
Silencio. Aquí ya todo está vestido
de dolor riguroso; y arde apenas,
como un mal kerosene, esta pasión.

Primavera vendrá. Cantarás "Eva"
desde un minuto horizontal, desde un
hornillo en que arderán los nardos de Eros.
¡Forja allí tu perdón para el poeta,
que ha de dolerme aún,
como clavo que cierra un ataúd!

Mas... una noche de lirismo, tu
buen seno, tu mar rojo
se azotará con olas de quince años,
al ver lejos, aviado con recuerdos
mi corsario bajel, mi ingratitud.

Después, tu manzanar, tu labio dándose,

석고

침묵. 이곳엔 벌써 밤이 찾아왔다,
묘지 뒤로 이미 해가 떨어졌다.
이곳에선 천 개의 눈동자가 울고 있다.
그대 돌아오지 마라, 이미 내 심장은 힘을 다했으니.
침묵. 이곳에선 이제 모든 것이 혹독한
고통의 옷을 입고 있다. 이제 열정은
거의 불타지 않는다, 싸구려 석유처럼.

봄은 오리라. 그대는 「이브」를 노래하리라,
수평의 순간으로부터, 에로스의
감송향이 타오르는 화덕으로부터.
그곳에서 시인을 위해 그대의 용서를 벼려라,
관에 박아 넣은 못처럼
아직 나를 아프게 할 용서를!

그러나…… 서정 가득한 어느 밤, 그대의
탐스러운 가슴, 그대의 붉은 바다
15년의 물결로 자신을 채찍질하리라,
추억에 잠겨, 저 멀리 나의 해적선,
나의 망은(忘恩)을 바라보며.

그 뒤에, 그대의 사과밭, 자신을 내어 주는 그대의 입술,

y que se aja por mí por la vez última,

y que muere sangriento de amar mucho,

como un croquis pagano de Jesús.

Amada! Y cantarás;

y ha de vibrar el femenino en mi alma,

como en una enlutada catedral.

마지막으로 나를 위해 스스로를 낮추고,
이교적인 예수의 크로키처럼,
너무 사랑하여 피 흘리며 죽어 가는.

사랑하는 사람아! 그대는 노래하리라.
그러면 내 영혼 속에선 여인의 향기가 진동하리라,
슬픔에 잠긴 대성당 안처럼.

제국의 향수

Nostalgias imperiales

I

En los paisajes de Mansiche labra
imperiales nostalgias el crepúsculo;
y lábrase la raza en mi palabra,
como estrella de sangre a flor de músculo.

El campanario dobla... No hay quien abra
la capilla... Diríase un opúsculo
bíblico que muriera en la palabra
de asiática emoción de este crepúsculo.

Un poyo con tres potos, es retablo
en que acaban de alzar labios en coro
la eucaristía de una chicha de oro.

Más allá, de los ranchos surge al viento
el humo oliendo a sueño y a establo,
como si se exhumara un firmamento.

제국의 향수

1

황혼이 만시체[11]의 풍경에
제국의 향수를 새긴다.
근육 표면의 피의 별처럼,
내 말[言]에 인종이 그려진다.

종탑이 조종을 울린다…… 예배당을 열 사람이
없다…… 성서적 소품 하나
이 황혼의 아시아적 정서의 말[言] 속에서
죽었다고 말할 수 있으리라.

자그마한 그릇 셋이 놓인 돌 벤치는
합창하는 입술들이 막 황금빛 치차[12]의
성체를 치켜든 제단.

그 너머, 농장들에선 연기가 바람을 타고
잠과 외양간 냄새를 풍기며 피어오른다,
창공을 파헤칠 듯이.

II

La anciana pensativa, cual relieve
de un bloque pre-incaico, hila que hila;
en sus dedos de Mama el huso leve
la lana gris de su vejez trasquila.

Sus ojos de esclerótica de nieve
un ciego sol sin luz guarda y mutila...!
Su boca está en desdén, y en calma aleve
su cansancio imperial talvez vigila.

Hay ficus que meditan, melenudos
trovadores incaicos en derrota,
la rancia pena de esta cruz idiota,

en la hora en rubor que ya se escapa,
y que es lago que suelda espejos rudos
donde náufrago llora Manco Cápac.

2

상념에 잠긴 노파, 잉카 이전 시대
블록의 돋을새김처럼, 실을 잣고 또 잣는다.
그녀의 마마[13] 손가락에서 가는 물렛가락이
노년의 잿빛 양털을 깎는다.

빛 없는 눈먼 태양이 새하얀 공막(鞏膜)의
그녀 눈을 보호하고 난도질한다……!
경멸하는 노파의 입, 어쩌면 기만적인 평온 속에
제국의 피로를 감시하는지도 모른다.

사색에 잠긴 고무나무들,
패배한 잉카의 긴 머리 음유 시인들,
이제 달아나는 부끄러운 시간에

이 멍청한 십자가의 오랜 고통,
투박한 거울을 땜질하는 호수에서
조난당한 망코 카팍[14]이 눈물 흘린다.

III

Como viejos curacas van los bueyes
camino de Trujillo, meditando...
Y al hierro de la tarde, fingen reyes
que por muertos dominios van llorando.

En el muro de pie, pienso en las leyes
que la dicha y la angustia van trocando:
ya en las viudas pupilas de los bueyes
se pudren sueños que no tienen cuándo.

La aldea, ante su paso, se reviste
de un rudo gris, en que un mugir de vaca
se aceita en sueño y emoción de huaca.

Y en el festín del cielo azul yodado
gime en el cáliz de la esquila triste
un viejo coraquenque desterrado.

3

늙은 족장들처럼 황소들이 트루히요의
길을 걸어간다, 깊은 생각에 잠겨……
오후의 쇳덩이 속에서, 흐느껴 울며
죽은 영토를 거니는 왕들을 가장한다.

나는, 담벼락 위에 서서, 행복과 고뇌를
계속 맞바꾸어 가는 법령들을 생각한다.
이미 황소들의 짝 잃은 눈동자에서
기약 없는 꿈들이 썩고 있다.

황소들이 지나갈 때, 마을은 투박한
잿빛 옷을 걸치고, 암소의 음매 소리는
꿈과 옛 인디오 무덤의 심회(心懷)로 기름칠된다.

요오드를 머금은 창천(蒼天)의 연회에서
추방당한 늙은 코라켄케[15]
구슬픈 워낭의 성배에서 신음한다.

IV

La Grama mustia, recogida, escueta
ahoga no sé qué protesta ignota:
parece el alma exhausta de un poeta,
arredrada en un gesto de derrota.

La Ramada ha tallado su silueta,
cadavérica jaula, sola y rota,
donde mi enfermo corazón se aquieta
en un tedio estatual de terracota.

Llega el canto sin sal del mar labrado
en su máscara bufa de canalla
que babea y da tumbos, ahorcado!

La niebla hila una venda al cerro lila
que en ensueños miliarios se enmuralla,
como un huaco gigante que vigila.

4

외떨어진, 질박하고 우울한 라그라마는
내가 알지 못할 미지의 저항을 억누른다.
패배자의 표정으로 물러난,
시인의 고갈된 영혼을 닮았다.

라라마다는 자신의 실루엣을 새겼다.
시체처럼 창백하고 쓸쓸한, 부서진 축사,
그곳에서 내 병든 가슴은 테라코타 조각상
같은 권태 속에 마음을 가라앉힌다.

침흘리며 비틀거리는 악당의
익살스러운 가면에 새겨져 바다에서
소금기 없는 노래가 도착한다, 목매달린 채!

감시하는 거대한 우아코[16]처럼,
수 마일의 꿈이 성벽처럼 에워싼
연보랏빛 언덕에 안개가 붕대를 두른다.

Hojas de ébano

Fulge mi cigarrillo;
su luz se limpia en pólvoras de alerta.
Y a su guiño amarillo
entona un pastorcillo
el tamarindo de su sombra muerta.

Ahoga en una enérgica negrura
el caserón entero
la mustia distinción de su blancura.
Pena un frágil aroma de aguacero.

Están todas las puertas muy ancianas,
y se hastía en su habano carcomido
una insomne piedad de mil ojeras.
Yo las dejé lozanas;
y hoy las telarañas han zurcido
hasta en el corazón de sus maderas,
coágulos de sombra oliendo a olvido.
La del camino, el día
que me miró llegar, trémula y triste,
mientras que sus dos brazos entreabría,
chilló como en un llanto de alegría.

흑단 잎사귀

내 담배가 반짝인다.
그 빛은 경계(警戒)의 불꽃으로 씻긴다.
그 노란 눈짓에
한 목동이 자신의 스러진 그림자의
타마린드를 읊조린다.

덩그러니 넓기만 한 집은
강렬한 어둠 속에서
순백의 빛바랜 풍취를 질식시킨다.
은은한 소나기 향이 감돈다.

문들은 하나같이 몹시 낡았고,
숱한 눈 그늘의 잠 못 이루는 연민이
문의 좀먹은 아바나 시가 속에서 진저리 친다.
나는 문들을 견고하게 두었다.
그런데 오늘 거미줄은 그 목재의
속에까지 망각의 냄새를 풍기는
응고된 어둠의 덩어리를 얽었다.
내가 도착하는 모습을
바라본 날, 길의 여인은, 두 팔을
반쯤 벌리고, 슬픔에 몸을 떨며,
기쁨에 오열하듯 울부짖었다.

Que en toda fibra existe,

para el ojo que ama, una dormida

novia perla, una lágrima escondida.

Con no sé qué memoria secretea

mi corazón ansioso.

—— Señora?... —— Sí, señor; murió en la aldea;

aún la veo envueltita en su rebozo,,,

Y la abuela amargura

de un cantar neurasténico de paria

¡oh, derrotada musa legendaria!

afila sus melódicos raudales

bajo la noche oscura;

como si abajo, abajo,

en la turbia pupila de cascajo

de abierta sepultura,

celebrando perpetuos funerales,

se quebrasen fantásticos puñales.

Llueve... llueve... Sustancia el aguacero,

reduciéndolo a fúnebres olores,

나뭇결마다, 사랑하는
한쪽 눈을 위해, 잠든 신부의
진주가, 숨겨진 눈물 방울이 머문다.

간절한 내 가슴은
알지 못할 기억으로 속삭인다.
── 부인? …… ── 네, 저예요. 그녀는 마을에서 죽었다.
아직 숄에 싸인 그녀의 모습이 눈앞에 선하다……[17]

천더기의 신경 쇠약의
비통한 노래에 잠긴 노파
오, 초라한 전설의 뮤즈!
어두운 밤 아래서
선율적인 격류를 갈음질한다.
마치 아래, 더 아래,
열린 무덤의
탁한 자갈 눈동자 속에서,
영원한 장례를 치르며,
환상적인 단도들이 부서지는 양.

비가 내린다…… 비가 내린다…… 소나기는,
음산한 냄새로 둔갑하여,

el humor de los viejos alcanfores

que velan *tahuashando* en el sendero

con sus ponchos de hielo y sin sombrero.

차가운 판초를 걸친 채 솜브레로 없이
오솔길에서 경건한 마음으로[18] 밤새 보초를 서는
늙은 녹나무들의 심경을 옹축한다.

Terceto autóctono

I

El puño labrador se aterciopela,
y en cruz en cada labio se aperfila.
Es fiesta! El ritmo del arado vuela;
y es un chantre de bronce cada esquila.

Afílase lo rudo. Habla escarcela...
En las venas indígenas rutila
un yaraví de sangre que se cuela
en nostalgias de sol por la pupila.

Las pallas, aquenando hondos suspiros,
como en raras estampas seculares,
enrosarian un símbolo en sus giros.

Luce el Apóstol en su trono, luego;
y es, entre inciensos, cirios y cantares,
el moderno dios-sol para el labriego.

세 편의 선주민 연작시

1

농부의 주먹은 비단결처럼 부드러워지고,
입술마다 십자 모양으로 윤곽이 그려진다.
축제일이다! 쟁기의 율동 날아오르고
워낭은 하나하나 청동의 합창 지휘자.

투박한 것은 날이 서고, 허리춤의 전대(纏帶)는 말을
　　　한다⋯⋯
인디오의 핏줄에서 반짝인다,
눈동자를 통해 태양의 향수(鄕愁)로
걸러지는 핏빛 야라비[19].

진귀한 태곳적 판화에서처럼,
잉카의 공주들, 깊은 한숨을 케나[20] 소리로 토해 내며,
선회할 때마다 상징을 로사리오처럼 엮는다.

이윽고 왕좌에서 사도(使徒)[21]가 빛을 발한다,
농부들에겐 향과 양초와 노래에
에워싸인 현대판 태양신.

II

Echa una cana al aire el indio triste.
Hacia el altar fulgente va el gentío.
El ojo del crepúsculo desiste
de ver quemado vivo el caserío.

La pastora de lana y llanque viste,
con pliegues de candor en su atavío;
y en su humildad de lana heroica y triste,
copo es su blanco corazón bravío.

Entre músicas, fuegos de bengala,
solfea un acordeón! Algún tendero
da su reclame al viento: "Nadie iguala!"

Las chispas al flotar lindas, graciosas,
son trigos de oro audaz que el chacarero
siembra en los cielos y en las nebulosas.

2

슬픔에 잠긴 인디오가 신명나게 논다.
사람들의 무리가 눈부시게 빛나는 제단으로 향한다.
황혼의 눈은 산 채로 불탄
마을을 바라보기를 멈춘다.

양치기 소녀는 양털에 소박한 가죽 샌들 차림,
의상엔 수수한 주름.
비장한 양털의 겸허 속에서,
그녀의 새하얀 야생 가슴은 실타래.

음악과 벵골 불꽃 사이에서,
아코디언이 도레미파를 연주한다! 한 가게 주인은
바람에 대고 목청을 높인다: "카, 정말 죽이네!"

아름답고 우아하게 떠다니는 불꽃은
농부가 하늘과 성운(星雲) 속에
씨 뿌리는 담대한 황금의 밀.

III

Madrugada. La chicha al fin revienta
en sollozos, lujurias, pugilatos;
entre olores de úrea y de pimienta
traza un ebrio al andar mil garabatos.

"Mañana que me vaya..." se lamenta
un Romeo rural cantando a ratos.
Caldo madrugador hay ya de venta;
y brinca un ruido aperital de platos.

Van tres mujeres... silba un golfo... Lejos
el río anda borracho y canta y llora
prehistorias de agua, tiempos viejos.

Y al sonar una *caja* de Tayanga,
como iniciando un *huaino* azul, remanga
sus pantorrillas de azafrán la Aurora.

3

새벽. 치차는 끝내 흐느낌, 욕정,
주먹질로 폭발한다.
오줌과 후추 냄새 사이에서
한 취객이 휘청대며 수없이 낙서를 그린다.

"내일이면 난 떠나리……" 한 시골 로미오가
이따금 노래하며 한탄한다.
이른 아침 벌써 해장국이 팔리고,
입맛을 돋우는 접시 소리 날뛴다.

여자 셋이 지나가고…… 한 부랑아가 휘파람을 분다……
　　멀리
강은 술에 취해 흐르고 옛 시절을,
물의 전사(前史)를 노래하며 흐느낀다.

푸른 와이노[22]를 시작하려는 듯,
타양가의 카하[23]가 울릴 때, 여명은
사프란색 장딴지를 걷어 올린다.

Oración del camino

Ni sé para quién es esta amargura!
Oh, Sol, llévala tú que estás muriendo,
y cuelga, como un Cristo ensangrentado,
mi bohemio dolor sobre su pecho.
    El valle es de oro amargo;
      y el viaje es triste, es largo.

Oyes? Regaña una guitarra. Calla!
Es tu raza, la pobre viejecita
que al saber que eres huésped y que te odian,
se hinca la faz con una roncha lila.
    El valle es de oro amargo,
      y el trago es largo... largo...

Azulea el camino; ladra el río...
Baja esa frente sudorosa y fría,
fiera y deforme. Cae el pomo roto
de una espada humanicida!

Y en el mómico valle de oro santo,
la brasa de sudor se apaga en llanto!

길의 기도

이 비통함이 누구를 위한 것인지도 모르겠다!
오, 태양이여, 사위어 가는 네가 이 비통함을 가져가,
피투성이 십자가상처럼, 그 가슴에
보헤미안적인 내 고통을 걸어라.
　　　계곡은 쓰디쓴 황금으로 가득하고,
　　　여행은 슬프고도 길다.

들리니? 기타가 우르릉댄다. 쉿!
네 혈통이다, 네가 손님이고
사람들이 너를 미워한다는 것을 알고는 얼굴의
연보라색 종기를 후벼 파는 가련하고 왜소한 노파.
　　　계곡은 쓰디쓴 황금으로 가득하고,
　　　불행은 길고도…… 길다……

길은 푸른빛으로 반짝이고, 강은 짖어 댄다……
식은땀이 흐르는, 흉한 기형의
이마가 숙여진다. 인간을 살육하는 검의
깨진 손잡이가 떨어진다!

미라처럼[24] 말라붙은 신성한 황금의 계곡에서
탄식으로 꺼지는 땀의 불씨!

Queda un olor de tiempo abonado de versos,

para brotes de mármoles consagrados que hereden

la aurífera canción

de la alondra que se pudre en mi corazón!

시구(詩句)들로 비옥해진 시간의 냄새가 남는다,
내 가슴속에서 썩어 가는 종달새의
황금의 노래를 물려받을
신성한 대리석의 발아를 위해!

Huaco

Yo soy el coraquenque ciego
que mira por la lente de una llaga,
y que atado está al Globo,
como a un huaco estupendo que girara.

Yo soy el llama, a quien tan sólo alcanza
la necedad hostil a trasquilar
volutas de clarín,
volutas de clarín brillantes de asco
y bronceadas de un viejo yaraví.

Soy el pichón de cóndor desplumado
por latino arcabuz;
y a flor de humanidad floto en los Andes,
como un perenne Lázaro de luz.

Yo soy la gracia incaica que se roe
en áureos coricanchas bautizados
de fosfatos de error y de cicuta.
A veces en mis piedras se encabritan
los nervios rotos de un extinto puma.

우아코

나는 눈먼 코라켄케.
고통의 렌즈를 통해 바라보고,
빙빙 도는 거대한 우아코에 묶여 있듯,
지구에 묶여 있네.

나는 야마.[25] 나팔의 소용돌이무늬,
역겨움에 반짝이고 옛 야라비로
구릿빛을 띠는 나팔의 소용돌이무늬로
털을 깎고 나서야 비로소
그 적대적인 우둔함을 알게 되지.

나는 라틴족의 화승총에
깃털 뽑힌 새끼 콘도르.
인간 존재들과 맞닿아 안데스를 떠도네,
영원한 빛의 나사로[26]처럼.

나는 오류와 독미나리의 인산염으로
세례 받은 황금의 코리칸차[27]에서
갉아먹히는 잉카의 기품.
이따금 내 돌들 속에서 멸종된 퓨마의
끊어진 신경이 머리를 쳐드네.

Un fermento de Sol;

¡levadura de sombra y corazón!

태양신의 효모,
어둠과 심장의 누룩!

Mayo

Vierte el humo doméstico en la aurora
su sabor a rastrojo;
y canta, haciendo leña, la pastora
un salvaje aleluya!
       Sepia y rojo.

Humo de la cocina, aperitivo
de gesta en este bravo amanecer.
El último lucero fugitivo
lo bebe, y, ebrio ya de su dulzor,
¡oh celeste zagal trasnochador!
se duerme entre un jirón de rosicler.

Hay ciertas ganas lindas de almorzar,
y beber del arroyo, y chivatear!
Aletear con el humo allá, en la altura;
o entregarse a los vientos otoñales
en pos de alguna Ruth sagrada, pura,
que nos brinde una espiga de ternura
bajo la hebraica unción de los trigales!

Hoz al hombro calmoso,

5월

집의 굴뚝 연기가 새벽 속으로
그루터기 향을 쏟아붓는다.
땔나무를 주워 모으며, 야생의 알렐루야를
노래하는 양치기 소녀!
　　　세피아빛과 붉은빛 노래.

부엌 연기, 이 멋진 새벽의
장대한 아페리티프.
달아나는 마지막 샛별이
그걸 마시고, 이윽고 달콤함에 취해,
장밋빛 연기 줄기 사이에서 까무룩 잠이 든다,
오 밤을 지새우는 천상의 어린 목동!

점심을 먹고, 개울물을 마시고,
신나게 뛰놀고 싶은 사랑스러운 소망이 있다!
연기와 함께 하늘 높이 날아오르고 싶은 소망,
밀밭의 히브리인의 도유(塗油) 아래에서
우리에게 다정한 이삭을 선사하는
순결하고 성스러운 룻[28]을 좇아
가을바람에 몸을 맡기고 싶은 소망!

굼뜬 어깨 위에 낫을 걸치고,

acre el gesto brioso,

va un joven labrador a Irichugo.

Y en cada brazo que parece yugo

se encrespa el férreo jugo palpitante

que en creador esfuerzo cuotidiano

chispea, como trágico diamante,

a través de los poros de la mano

que no ha bizantinado aún el guante.

Bajo un arco que forma verde aliso,

¡oh cruzada fecunda del andrajo!,

pasa el perfil macizo

de este Aquiles incaico del trabajo.

La zagala que llora

su yaraví a la aurora,

recoge ¡oh Venus pobre!

frescos leños fragantes

en sus desnudos brazos arrogantes

esculpidos en cobre.

En tanto que un becerro,

perseguido del perro,

por la cuesta bravía

늠름하고 무뚝뚝한 표정의
젊은 농부가 이리추고[29]로 향한다.
멍에 같은 두 팔에서는
아직 장갑으로 장식되지 않은
손의 모공들을 통해,
비극적인 다이아몬드처럼, 하루하루의
창조적 노력 속에서 불꽃을 튀기는
쇳물이 고동치며 일렁인다.
녹색 오리나무 아치 아래로,
노동하는 이 잉카의 아킬레우스의
단단한 옆얼굴이 지나간다,
오 누더기를 걸친 보무당당한 십자군!

새벽녘 야라비를
흐느끼는 양치기 소녀,
오 가련한 비너스! 구리로
조각된 당당한
맨 팔에 향기로운 싱싱한
땔나무를 주워 모은다.
그사이 수송아지 한 마리,
개에 쫓겨,
거친 언덕길로

corre, ofrendando al floreciente día
un himno de Virgilio en su cencerro!

Delante de la choza
el indio abuelo fuma;
y el serrano crepúsculo de rosa,
el ara primitiva se sahúma
en el gas del tabaco.
Tal surge de la entraña fabulosa
de epopéyico huaco,
mítico aroma de broncíneos lotos,
el hilo azul de los alientos rotos!

달음박질한다, 워낭 소리로
꽃 피는 날에 베르길리우스[30]의 찬가를 바치며!

오두막 앞에서
담배를 피우는 인디오 노인.
장밋빛 황혼이 내린 산마을,
태고의 제단에 담배 향이
감돈다.
그렇게 장엄한 우아코의
놀라운 내장에서 솟아오른다,
구릿빛 연꽃의 신화적 향기,
끊어진 숨결의 푸른 줄기!

Aldeana

Lejana vibración de esquilas mustias
en el aire derrama
la fragancia rural de sus angustias.
En el patio silente
sangra su despedida el sol poniente.
El ámbar otoñal del panorama
toma un frío matiz de gris doliente!

Al portón de la casa
que el tiempo con sus garras torna ojosa,
asoma silenciosa
y al establo cercano luego pasa,
la silueta calmosa
de un buey color de oro,
que añora con sus bíblicas pupilas,
oyendo la oración de las esquilas,
su edad viril de toro!

Al muro de la huerta,
aleteando la pena de su canto,
salta un gallo gentil, y, en triste alerta,
cual dos gotas de llanto,

마을 풍경

멀리서 들려오는 구슬픈 워낭의 떨림,
고뇌로 가득 찬 시골 내음을
공기 중에 흩뿌린다.
고즈넉한 안뜰에서는
지는 해가 작별을 피 흘린다.
한눈에 바라보이는 가을 호박(琥珀)은
처연한 잿빛의 차가운 색조를 띤다!

시간의 발톱에 숭숭 구멍 뚫린
집 대문에
소리 없이 나타났다가
근처 외양간으로 들어간다,
워낭의 기도 소리 들으며,
성스러운 눈망울로 늠름했던
수소 시절을 그리워하는,
거세당한 금빛 황소의
굼뜬 실루엣!

우아한 수탉 한 마리, 구슬픈
노래를 파닥이며, 텃밭
담벼락에 날아오르고, 생기 잃은 오후,
처연한 경적 속에, 두 눈이 떨고 있다,

tiemblan sus ojos en la tarde muerta!

Lánguido se desgarra
en la vetusta aldea
el dulce yaraví de una guitarra,
en cuya eternidad de hondo quebranto
la triste voz de un indio dondonea,
como un viejo esquilón de camposanto.

De codos yo en el muro,
cuando triunfa en el alma el tinte oscuro
y el viento reza en los ramajes yertos
llantos de quenas, tímidos, inciertos,
suspiro una congoja,
al ver que en la penumbra gualda y roja
llora un trágico azul de idilios muertos!

두 방울의 눈물처럼!

기타 선율에 실린 구성진 야라비
고색창연한 마을에
나른하게 찢어지고,
그 영겁의 깊은 고통 속에
인디오의 슬픈 목소리 댕그랑 울려 퍼진다,
공동묘지의 커다란 낡은 종처럼.

담벼락에 팔꿈치를 괴고 있자니,
영혼 속에서 어두운 빛이 승리하고
바람은 뻣뻣하게 굳은 나뭇가지에서 기도한다,
아련하고, 소심한 케나의 탄식을.
금빛이 도는 붉은 어스름 속에서
가 버린 시절의 애처로운 푸른빛이 흐느끼는
것을 바라보며 나는 비탄의 한숨을 토한다!

Idilio muerto

Qué estará haciendo esta hora mi andina y dulce Rita
de junco y capulí;
ahora que me asfixia Bizancio, y que dormita
la sangre, como flojo cognac, dentro de mí.

Dónde estarán sus manos que en actitud contrita
planchaban en las tardes blancuras por venir;
ahora, en esta lluvia que me quita
las ganas de vivir.

Qué será de su falda de franela; de sus
afanes; de su andar;
de su sabor a cañas de mayo del lugar.

Ha de estarse a la puerta mirando algún celaje,
y al fin dirá temblando: "Qué frío hay... Jesús!"
Y llorará en las tejas un pájaro salvaje.

가 버린 시절

등심초와 버찌를 빼닮은 내 고향 안데스의 달콤한 리타는
이 시각 무얼 하고 있을까.
지금 비잔티움[31]은 나를 질식시키는데, 피는
묽은 코냑처럼, 내 안에서 자울자울 졸고 있는데.

저녁이면 통회하는 자세로, 아직 오지 않은 순백을
다림질하던 그녀의 두 손은 어디에 있을까.
지금 이 빗줄기 속에서 난
살맛을 잃어 가는데.

그녀의 플란넬 치마는 어떻게 됐을까. 그녀의
소망, 그녀의 걸음걸이,
그녀가 풍기던 내 고향 5월의 사탕수수술 내음은.

문간에 서서 저녁노을을 바라보고 있겠지,
그러다 마침내 몸을 떨며 말할 거야: "워메…… 참말로
    춥네!"
기와 위에선 들새 한 마리 울어 대겠지.

우렛소리

En las tiendas griegas

Y el Alma se asustó
a las cinco de aquella tarde azul desteñida.
El labio entre los linos la imploró
con pucheros de novio para su prometida.

El Pensamiento, el gran General se ciñó
de una lanza deicida.
El Corazón danzaba; mas, luego sollozó:
¿la bayadera esclava estaba herida?

¡Nada! Fueron los tigres que la dan por correr
a apostarse en aquel rincón, y tristes ver
los ocasos que llegan desde Atenas.

No habrá remedio para este hospital de nervios,
para el gran campamento irritado de este atardecer!
Y el General escruta volar siniestras penas
allá...
en el desfiladero de mis nervios!

그리스 막사에서

퇴색한 푸른빛의 그날 오후 5시,
영혼이 화들짝 놀랐다.
신랑이 신부에게 하듯 아마포 사이에서
입술을 불룩 내밀며 애원했다.

생각이라는 위대한 장군은 예수를
찔렀던 창을 몸에 둘렀다.
심장이 춤을 추었다. 그러나 끝내 흐느꼈다.
노예 무희가 다쳤던 걸까?

그럴 리가! 그녀로 하여금 달려가 그 모퉁이에
서서 아테네에서 도착하는 슬픈 낙조를
바라보고 싶게 한 것은 바로 호랑이들이었다.

이 신경 병원, 이 해질녘의 성난
거대한 야영지는 속수무책이다!
장군은 저기………
내 신경들의 협곡에서
불길한 고통이 빠르게 번지는 것을 정탐한다!

Ágape

Hoy no ha venido nadie a preguntar;
ni me han pedido en esta tarde nada.

No he visto ni una flor de cementerio
en tan alegre procesión de luces.
Perdóname, Señor: qué poco he muerto!

En esta tarde todos, todos pasan
sin preguntarme ni pedirme nada.

Y no sé qué se olvidan y se queda
mal en mis manos, como cosa ajena.

He salido a la puerta,
y me da ganas de gritar a todos:
Si echan de menos algo, aquí se queda!

Porque en todas las tardes de esta vida,
yo no sé con qué puertas dan a un rostro,
y algo ajeno se toma el alma mía.

Hoy no ha venido nadie;

아가페

오늘 아무도 물으러 오지 않았습니다.
이 오후 제게 아무것도 청하지 않았습니다.

흥겨운 빛의 행렬에서
묘지 꽃 한 송이 보지 못했습니다.
주님, 용서하소서. 저는 얼마나 조금밖에 죽지 않았는지요!

이 오후 모두들, 모두들 그냥 지나칩니다,
제게 아무것도 묻지도 청하지도 않고.

그들이 잊어버린 것이 무엇인지, 마치 타인의 것인 양,
무엇이 제 손에 잘못 놓였는지 모르겠습니다.

저는 문 밖으로 나왔고,
모두에게 큰 소리로 외치고 싶어요.
무언가가 그립다면, 여기에 있다고!

이 생애의 모든 오후에,
사람들이 면전에서 어느 문을 쾅 하고 닫을지,
어떤 타인의 것이 내 영혼을 앗아갈지 모르니까요.

오늘 아무도 오지 않았습니다.

y hoy he muerto qué poco en esta tarde!

오늘 이 오후 저는 얼마나 조금밖에 죽지 않았는지요!

La voz del espejo

Así pasa la vida, como raro espejismo.
¡La rosa azul que alumbra y da el ser al cardo!
Junto al dogma del fardo
matador, el sofisma del Bien y la Razón!

Se ha cogido, al acaso, lo que rozó la mano;
los perfumes volaron, y entre ellos se ha sentido
el moho que a mitad de la ruta ha crecido
en el manzano seco de la muerta Ilusión.

Así pasa la vida,
con cánticos aleves de agostada bacante.
Yo voy todo azorado, adelante..., adelante,
rezongando mi marcha funeral.

Van al pie de brahacmánicos elefantes reales,
y al sórdido abejeo de un hervor mercurial,
parejas que alzan brindis esculpidos en roca,
y olvidados crepúsculos una cruz en la boca.

Así pasa la vida, vasta orquesta de Esfinges
que arrojan al Vacío su marcha funeral.

거울의 목소리

인생은 그렇게 지나간다, 요상한 신기루처럼.
엉겅퀴에게 존재를 선사하며 빛을 밝히는 파란 장미!
가혹한 짐의 도그마이자,
선(善)과 이성의 궤변!

손에 닿는 대로, 아무거나 움켜잡았다.
향기가 흩날렸고, 그중에는 길의 중간쯤
말라 죽은 사원 꿈의 사과나무에서
자란 곰팡이 냄새도 있었다.

인생은 그렇게 지나간다,
오가리 든 바쿠스 무녀의 요망한 노래와 함께.
난 잔뜩 겁에 질려 한 발…… 한 발 내딛는다,
나의 장송곡을 웅얼거리며.

수은이 끓는 듯한 추잡한 윙윙 소리에
바위에 새겨진 축배를 드는 연인들,
브라만의 왕실 코끼리들 발치로 향한다,
잊힌 황혼들, 입술에 그은 십자.

인생은 그렇게 지나간다. 허공에 장송곡을
뿜어내는 스핑크스들의 거대한 오케스트라.

Rosa blanca

Me siento bien. Ahora
brilla un estoico hielo
en mí.
Me da risa esta soga
rubí
que rechina en mi cuerpo.

Soga sin fin,
como una
voluta
descendente
de
mal...
soga sanguínea y zurda
formada de
mil dagas en puntal.

Que vaya así, trenzando
sus rollos de crespón;
y que ate el gato trémulo
del Miedo al nido helado,
al último fogón.

백장미

기분이 좋다. 지금
내 안에선
금욕의 얼음이 반짝이고 있다.
몸속에서 삐걱거리는
이 다홍색
밧줄이 날 웃음 짓게 한다.

끝없는 밧줄,
악(惡)
에서
하강하는
나선
같은······
수많은 견고한 단도로
이루어진
왼손잡이의 피투성이 밧줄.

그 두루마리 주름 천을
엮도록, 그냥 내버려 두자.
두려움에 몸을 떠는 고양이를
얼어붙은 둥지, 최후의 화덕에
묶게 내버려 두자.

Yo ahora estoy sereno,

con luz.

Y maya en mi Pacífico

un náufrago ataúd.

지금 난 햇살 아래,
안온하다.
난파된 관(棺)이 나의 태평양에서
야옹야옹 울어 댄다.

La de a mil

El suertero que grita "la de a mil",
contiene no sé qué fondo de Dios.

Pasan todos los labios. El hastío
despunta en una arruga su yanó.
Pasa el suertero que atesora, acaso
nominal, como Dios,
entre panes tantálicos, humana
impotencia de amor.

Yo le miro al andrajo. Y él pudiera
darnos el corazón;
pero la suerte aquella que en sus manos
aporta, pregonando en alta voz,
como un pájaro cruel, irá a parar
adonde no lo sabe ni lo quiere
este bohemio dios.

Y digo en este viernes tibio que anda
a cuestas bajo el sol:
¡por qué se habrá vestido de suertero
la voluntad de Dios!

대박 복권

"대박"을 외치는 복권 장수는
어딘가 하느님의 속성을 지녔다.

모든 입술들이 그냥 지나친다. 권태는
하나의 주름에 '이젠 그만'을 싹 틔운다.
복권 장수가 지나간다, 어쩌면 허울뿐인
하느님처럼, 탄탈로스[32]의 빵 덩이들 사이에서,
인간의 무기력한
사랑을 긁어모으며.

난 그 남루한 인간을 바라본다. 그가 우리에게
마음을 주면 좋으련만.
그러나 한 마리 잔인한 새처럼,
큰 소리로 외치며 팔아서
그의 손에 들어오는 행운은,
결국 이 보헤미안적인 신이 알지도 못하고
원치도 않는 어딘가에 가서 멈추리라.

태양을 짊어지고 가는
이 미지근한 금요일에 나는 중얼거린다.
하느님의 뜻은 왜 하필
복권 장수의 옷을 입었을까!

El pan nuestro

—— Para Alejandro Gamboa

Se bebe el desayuno... Húmeda tierra
de cementerio huele a sangre amada.
Ciudad de invierno... La mordaz cruzada
de una carreta que arrastrar parece
una emoción de ayuno encadenada!

Se quisiera tocar todas las puertas,
y preguntar por no sé quién; y luego
ver a los pobres, y, llorando quedos,
dar pedacitos de pan fresco a todos.
Y saquear a los ricos sus viñedos
con las dos manos santas
que a un golpe de luz
volaron desclavadas de la Cruz!

Pestaña matinal, no os levantéis!
¡El pan nuestro de cada día dánoslo,
Señor...!

Todos mis huesos son ajenos;
yo talvez los robé!
Yo vine a darme lo que acaso estuvo

일용할 양식

— 알레한드로 감보아[33]에게

아침밥을 들이켠다[34]...... 묘지의 축축한
흙은 좋아하는 피 냄새를 풍긴다.
겨울 도시...... 주린 배를 사슬에 묶어
질질 끌고 가는 듯한
수레의 신랄한 십자군!

문이란 문은 다 두드려, 낯모르는
이의 안부를 묻고 싶다. 또
숨죽여 울고 있는 가난한 이들을 만나,
모두에게 갓 구운 작은 빵 조각을 건네고 싶다.
한 줄기 강렬한 빛으로
십자가의 못을 뽑아 버리고 높이 날아오른
성스러운 두 손으로
부자들의 포도밭을 약탈하고 싶다!

아침을 맞은 속눈썹아, 제발 떠지지 마라!
주님!
저희에게 일용할 양식을 주소서......

내 몸의 뼈는 죄다 타인의 것.
아마도 내가 훔쳤겠지!
어쩌면 다른 사람 몫을

asignado para otro;

y pienso que, si no hubiera nacido,

otro pobre tomara este café!

Yo soy un mal ladrón... A dónde iré!

Y en esta hora fría, en que la tierra

trasciende a polvo humano y es tan triste,

quisiera yo tocar todas las puertas,

y suplicar a no sé quién, perdón,

y hacerle pedacitos de pan fresco

aquí, en el horno de mi corazón...!

가로챘는지도 몰라.
내가 태어나지 않았다면,
다른 가난한 이가 이 커피를 마시련만!
난 몹쓸 도둑…… 어찌할 거나!

인간의 먼지 냄새 짙게 풍기며 대지가
슬픔에 잠기는 이 차가운 시간,
문이란 문은 다 두드려,
낯모르는 이에게 용서를 빌고,
여기 내 가슴의 화덕에서
신선한 작은 빵 조각을 구워 주고 싶다……!

Absoluta

Color de ropa antigua. Un julio a sombra,
y un agosto recién segado. Y una
mano de agua que injertó en el pino
resinoso de un tedio malas frutas.

Ahora que has anclado, oscura ropa,
tornas rociada de un suntuoso olor
a tiempo, a abreviación... Y he cantado
el proclive festín que se volcó.

Mas ¿no puedes, Señor, contra la muerte,
contra el límite, contra lo que acaba?
Ay! la llaga en color de ropa antigua,
cómo se entreabre y huele a miel quemada!

Oh unidad excelsa! Oh lo que es uno
por todos!
Amor contra el espacio y contra el tiempo!
Un latido único de corazón;
un solo ritmo: Dios!

Y al encogerse de hombros los linderos

절대적인 존재

낡은 옷의 색깔. 그늘진 7월,
그리고 갓 수확한 8월. 권태의
송진이 흐르는 소나무에 사악한
열매를 접붙인 물의 손.

어두운 옷이여, 네가 닻을 내린 지금,
넌 화미한 시간의 냄새, 축약의 냄새에
축축하게 젖는다…… 그리고 난 뒤집힌
기울어진 연회를 노래했다.

하지만 주님, 당신은 죽음에, 한계에,
소멸하는 것에 맞설 힘이 없나이까?
아! 낡은 옷 색깔의 상처,
살짝 벌어져 어찌나 불탄 꿀 냄새를 풍기는지!

오, 숭고한 하나됨! 오, 만인을 위해
존재하는 하나이신 분!
공간에, 시간에 맞선 사랑!
단 하나의 심장 박동,
단 하나의 리듬. 하느님!

돌이킬 수 없는 사나운 경멸 속에서

en un bronco desdén irreductible,

hay un riego de sierpes

en la doncella plenitud del 1.

¡Una arruga, una sombra!

경계들이 어깨를 으쓱할 때,
1의 숫처녀의 충만함에
뱀들이 물처럼 뿌려진다.[35]
하나의 주름, 하나의 그림자!

Desnudo en barro

Como horribles batracios a la atmósfera,
suben visajes lúgubres al labio.
Por el Sahara azul de la Substancia
camina un verso gris, un dromedario.

Fosforece un mohín de sueños crueles.
Y el ciego que murió lleno de voces
de nieve. Y madrugar, poeta, nómada,
al crudísimo día de ser hombre.

Las Horas van febriles, y en los ángulos
abortan rubios siglos de ventura.
¡Quién tira tanto el hilo; quién descuelga
sin piedad nuestros nervios,
cordeles ya gastados, a la tumba!

Amor! Y tú también. Pedradas negras
se engendran en tu máscara y la rompen.
¡La tumba es todavía
un sexo de mujer que atrae al hombre!

진흙 알몸

끔찍한 양서류가 대기 속으로 올라가듯,
침울한 찡그린 표정이 입술로 올라간다.
하나의 잿빛 시행(詩行)이, 한 마리의 단봉낙타가
물질의 푸른 사하라 사막을 걸어간다.

잔혹한 꿈의 우거지상이 인광을 발한다.
눈[雪]의 목소리로 가득 차서 죽은
장님. 새벽같이 일어나라, 유목하는, 시인,
세상살이가 더없이 혹독한 날에.

시간은 격렬하게 지나가고, 모퉁이마다
행복했던 금빛 세기들이 유산한다.
누가 이토록 실을 잡아당기는가, 누가 우리의
신경을, 이미 닳아빠진 줄들을
사정없이 무덤 쪽으로 늘어뜨리는가!

사랑이여! 너도 그렇다. 네 가면에서
검은 돌팔매가 번식하여 가면을 박살 낸다.
무덤은 여전히
사내를 미혹하는 여자의 성(性)!

Capitulación

Anoche, unos abriles granas capitularon
ante mis mayos desarmados de juventud;
los marfiles histéricos de su beso me hallaron
muerto; y en un suspiro de amor los enjaulé.

Espiga extraña, dócil. Sus ojos me asediaron
una tarde amaranto que dije un canto a sus
cantos; y anoche, en medio de los brindis, me hablaron
las dos lenguas de sus senos abrasadas de sed.

Pobre trigueña aquella; pobres sus armas; pobres
sus velas cremas que iban al tope en las salobres
espumas de un marmuerto. Vencedora y vencida,

se quedó pensativa y ojerosa y granate.
Yo me partí de aurora. Y desde aquel combate,
de noche entran dos sierpes esclavas a mi vida.

투항

어젯밤, 발그레한 4월들이 무장해제된
내 젊음의 5월들 앞에 투항했다.
그녀의 입맞춤의 히스테릭한 상아들은 내가 죽은 것을
발견했고, 난 사랑의 한숨 속에 그것들을 가두었다.

유순하고, 기묘한 이삭. 그녀의 노래들에
하나의 답가를 읊조린 어느 자줏빛 오후, 그녀의 눈이
나를 에워쌌고, 어젯밤 축배를 들던 중에,
그녀 가슴의 목 타는 두 혀가 내게 말을 걸었다.

저 가엾은 밀 빛깔의 여인, 가엾은 그녀의 무기들,
　　　사해(死海)의
짭짤한 물거품 속에서 한계에 도달한
가엾은 그녀의 크림색 돛들. 정복하고 정복당하며,

그녀는 퀭한 암적색 눈으로 생각에 잠겨 있었다.
난 새벽에 떠났다. 그리고 그 전투 이후로,
밤이면 노예 뱀 두 마리가 내 삶 속으로 들어온다.

Líneas

Cada cinta de fuego
que, en busca del Amor,
arrojo y vibra en rosas lamentables,
me da a luz el sepelio de una víspera.
Yo no sé si el redoble en que lo busco,
será jadear de roca,
o perenne nacer de corazón.

Hay tendida hacia el fondo de los seres,
un eje ultranervioso, honda plomada.
¡La hebra del destino!
Amor desviará tal ley de vida,
hacia la voz del Hombre;
y nos dará la libertad suprema
en transubstanciación azul, virtuosa,
contra lo ciego y lo fatal.

¡Que en cada cifra lata,
recluso en albas frágiles,
el Jesús aún mejor de otra gran Yema!

Y después... La otra línea...

줄

사랑을 찾아, 내가
던지는 불의 리본 하나하나,
애처로운 장미들 속에서 진동하며,
내게 전날 밤의 매장(埋葬)을 분만한다.
모르겠다, 둥둥둥 그것을 찾는 나의 북소리,
바위의 헐떡임인지,
심장의 영원한 탄생인지.

존재들의 바닥으로 길게 늘어뜨려진,
팽팽하게 긴장한 축(軸), 깊은 다림줄.
운명의 실!
사랑은 그러한 삶의 법칙을
인간의 목소리 쪽으로 돌리리라.
고결하고 푸른 성변화(聖變化)³⁶ 속에서
맹목과 숙명에 맞서
우리에게 지고의 자유를 주리라.

여린 새벽에 갇힌 채,
숫자마다에서 고동치길,
또 다른 거대한 난황(卵黃)의 한결 더 선한 예수가!

그 뒤에…… 또 다른 줄……

Un Bautista que aguaita, aguaita, aguaita...

Y, cabalgando en intangible curva,

un pie bañado en púrpura.

기다리는, 기다리고, 또 기다리는 세례자……
실체 없는 에움길을 타느라,
자줏빛으로 흠뻑 젖은 한쪽 발.

Amor prohibido

Subes centelleante de labios y ojeras!
Por tus venas subo, como un can herido
que busca el refugio de blandas aceras.

Amor, en el mundo tú eres un pecado!
Mi beso es la punta chispeante del cuerno
del diablo; mi beso que es credo sagrado!

Espíritu es el horópter que pasa
            ¡puro en su blasfemia!
¡el corazón que engendra al cerebro!
que pasa hacia el tuyo, por mi barro triste.
            ¡Platónico estambre
que existe en el cáliz donde tu alma existe!

¿Algún penitente silencio siniestro?
Tú acaso lo escuchas? Inocente flor!
... Y saber que donde no hay un Padrenuestro,
el Amor es un Cristo pecador!

금지된 사랑

그대는 입술과 눈 그늘에서 반짝이며 올라간다!
난 그대의 핏줄을 타고 올라간다, 푹신한 보도에서
은신처를 찾는 상처 입은 개처럼.

사랑이여, 이 세상에서 그대는 하나의 죄악!
내 입맞춤은 악마의 반짝이는
뿔 끝, 내 입맞춤은 신성한 강령!

영혼은 지나가는 단시궤적(單視軌跡)[37]
　　　　신성 모독 속의 순수!
내 슬픈 진흙을 거쳐, 그대의 진흙을 향해 가는
뇌를 낳는 심장!
　　　　그대의 영혼이 거처하는
꽃받침에 거처하는 플라토닉한 꽃술!

어떤 불길한 참회의 침묵?
혹 그대는 들리는가? 순결한 꽃이여!
…… 주기도문이 없는 곳에서는
사랑 그것이 바로 죄 짓는 그리스도임을 알라!

La cena miserable

Hasta cuándo estaremos esperando lo que
no se nos debe... Y en qué recodo estiraremos
nuestra pobre rodilla para siempre! Hasta cuándo
la cruz que nos alienta no detendrá sus remos.

Hasta cuándo la Duda nos brindará blasones
por haber padecido...
                    Ya nos hemos sentado
mucho a la mesa, con la amargura de un niño
que a media noche, llora de hambre, desvelado...

Y cuándo nos veremos con los demás, al borde
    de una mañana eterna, desayunados todos.
Hasta cuándo este valle de lágrimas, a donde
yo nunca dije que me trajeran.
                    De codos
todo bañado en llanto, repito cabizbajo
y vencido: hasta cuándo la cena durará.

Hay alguien que ha bebido mucho, y se burla,
y acerca y aleja de nosotros, como negra cuchara
de amarga esencia humana, la tumba...

비참한 저녁 식사

언제까지 우린 기약도 없이 기다려야
할까…… 우린 어느 모퉁이에서 가엾은 무릎을
쭉 펼 수 있으려나! 우리를 채찍질하는
십자가는 언제쯤에나 노 젓기를 멈추게 될까.

의심은 고통받았다는 이유로 언제까지
우리에게 경의를 바칠까……
　　　　　　　　　　　이제껏 우린 수없이 식탁에
앉아 쓰라림을 삼켰다, 한밤중에,
배가 고파, 잠 못 들고 우는 아이처럼……

끝없는 아침나절, 우린 언제쯤이면,
모두들 아침을 거르지 않고, 타인들을 마주하게 될까.
이 눈물의 계곡은 언제까지 계속될까, 한 번도
이리로 데려와 달라고 한 적 없는데.
　　　　　　　　　　눈물범벅으로
팔꿈치를 괸 채, 좌절감에 고개를 떨구고 하염없이
되뇐다: 이 저녁 식사는 언제까지 계속될까.

누군가가 술에 잔뜩 취해, 우리를 조롱하고, 우리
눈앞에 무덤을 내밀었다가 도로 가져간다,
쓰디쓴 인간 본질의 검은 숟가락처럼……

Y menos sabe

ese oscuro hasta cuándo la cena durará!

하물며 무지렁이 주제에
이 저녁 식사가 언제까지 계속될지 어찌 알까!

Para el alma imposible de mi amada

Amada: no has querido plasmarte jamás
como lo ha pensado mi divino amor.
Quédate en la hostia,
ciega e impalpable,
como existe Dios.

Si he cantado mucho, he llorado más
por ti ¡oh mi parábola excelsa de amor!
Quédate en el seso,
y en el mito inmenso
de mi corazón!

Es la fe, la fragua donde yo quemé
el terroso hierro de tanta mujer;
y en un yunque impío te quise pulir.
Quédate en la eterna
nebulosa, ahí,
en la multicencia de un dulce noser.

Y si no has querido plasmarte jamás
en mi metafísica emoción de amor,
deja que me azote,

내 연인의 불가능한 영혼을 위하여

임아, 그대는 결코 내 신성한 사랑이
생각한 대로 자신을 드러내기를 원치 않았네.
　　　신이 존재하는 방식대로,
　　　그대, 눈먼 실체 없는,
　　　성체(聖體) 안에 머물러 다오.

지금껏 수없이 노래했지만, 그대를 위해 더 많은
눈물 흘렸네. 오 숭고한 내 사랑의 우화!
　　　그대, 뇌 안에, 내 가슴의
　　　거대한 신화 속에
　　　머물러 다오.

그것은 신앙, 내가 그 숱한 여인들의 흙빛
쇠를 뜨겁게 달군 대장간,
난 불경한 모루 위에서 그대를 연마하고 싶었네.
　　　그대, 영원한 성운(星雲) 속에,
　　　거기, 달콤한
비존재의 다중 본질 속에 머물러 다오

그대 결코 형이상학적인 내 사랑의
감정 속에 자신을 드러내기를 원치 않았다면,
　　　죄인처럼,

169

como un pecador.

나 자신을 매질하게 내버려 다오.

El tálamo eterno

Sólo al dejar de ser, Amor es fuerte!
Y la tumba será una gran pupila,
en cuyo fondo supervive y llora
la angustia del amor, como en un cáliz
de dulce eternidad y negra aurora.

Y los labios se encrespan para el beso,
como algo lleno que desborda y muere;
y, en conjunción crispante,
cada boca renuncia para la otra
una vida de vida agonizante.

Y cuando pienso así, dulce es la tumba
donde todos al fin se compenetran
en un mismo fragor;
dulce es la sombra, donde todos se unen
en una cita universal de amor.

영원한 첫날밤

존재하기를 멈출 때, 비로소 사랑은 강하다!
무덤은 거대한 눈동자가 되리라,
달콤한 영원과 어두운 여명의
성배 속인 양, 그 밑바닥에 사랑의
고뇌가 살아남아 눈물 흘리리라.

입술은 입맞춤을 위해 동그랗게 말린다,
흘러넘쳐 소멸하는 충만한 그 무엇처럼.
경련을 일으키는 결합 속에서,
각자의 입은 다른 입을 위해
꺼져 가는 생명의 삶을 단념한다.

그러고 보니, 끝내 모두가
단 하나의 굉음 속에서 상호 침투하는
곳, 무덤은 달콤하다.
어둠은 달콤하다. 그곳에선 사랑의 보편적
밀회 속에서 모두가 하나로 합쳐지리니.

Las piedras

Esta mañana bajé
a las piedras ¡oh las piedras!
Y motivé y troquelé
un pugilato de piedras.

Madre nuestra, si mis pasos
en el mundo hacen doler,
es que son los fogonazos
de un absurdo amanecer.

Las piedras no ofenden; nada
codician. Tan sólo piden
amor a todos, y piden
amor aun a la Nada.

Y si algunas de ellas se
van cabizbajas, o van
avergonzadas, es que
algo de humano harán...

Mas, no falta quien a alguna
por puro gusto golpee.

돌들

오늘 아침 돌들에게
내려갔습니다. 오 돌들!
돌들을 부추겨
싸움을 붙였습니다.

성모 마리아여, 세상에서의
제 발걸음이 고통을 가져온다면,
그건 허황된 새벽녘의
섬광이기 때문입니다.

돌들은 모욕하지 않습니다. 그 무엇도
탐하지 않습니다. 단지 모두에게
사랑을 청할 뿐이지요, 하찮은 것들에게조차
사랑을 청합니다.

어쩌다 풀이 죽어 있거나,
수치스러워하는
돌이 있다면, 그건 무언가 인간사에
얽혀 있기 때문이겠지요……

그러나 장난삼아
돌을 걷어차는 사람도 있습니다.

Tal, blanca piedra es la luna
que voló de un puntapié...

Madre nuestra, esta mañana
me he corrido con las hiedras,
al ver la azul caravana
de las piedras,
de las piedras,
de las piedras...

그렇게, 달은 발길질에
날아간 하얀 돌……

성모 마리아여, 오늘 아침
담쟁이덩굴과 한데 엉켰습니다,
돌들의,
돌들의,
돌들의
푸른 행렬을 바라보다가……

Retablo

Yo digo para mí: por fin escapo al ruido;
nadie me ve que voy a la nave sagrada.
Altas sombras acuden,
y Darío que pasa con su lira enlutada.

Con paso innumerable sale la dulce Musa,
y a ella van mis ojos, cual polluelos al grano.
La acosan tules de éter y azabaches dormidos,
en tanto sueña el mirlo de la vida en su mano.

Dios mío, eres piadoso, porque diste esta nave,
donde hacen estos brujos azules sus oficios.
Darío de las Américas celestes! Tal ellos se parecen
a ti! Y de tus trenzas frabrican sus cilicios.

Como ánimas que buscan entierros de oro absurdo,
aquellos arciprestes vagos del corazón,
se internan, y aparecen... y, hablándonos de lejos,
nos lloran el suicidio monótono de Dios!

레타블로

난 스스로에게 말한다. 마침내 소음에서 탈출하는구나,
아무도 내가 성전으로 가는 것을 보지 못할 거야.
키 큰 그림자들이 쫓아온다,
슬픔에 잠긴 리라를 안고 지나가는 다리오[38].

무수한 발걸음과 함께 달콤한 뮤즈가 등장하고,
병아리가 낟알을 찾듯 내 눈은 그녀에게로 향한다.
하늘하늘한 명주 망사와 잠든 극락조가 그녀를 희롱하고,
그 사이 삶의 찌르레기는 그녀의 손에서 꿈을 꾼다.

저의 하느님, 당신은 자비로우십니다, 이 푸른 마법사들이
그들의 임무를 수행하는 곳, 이 성전을 주셨으니.
천상의 아메리카의 다리오여! 그들은 당신을
빼닮았다! 당신의 땋은 머리로 고행의를 짓는다.

터무니없는 황금의 매장지를 찾는 영혼들처럼,
가슴속 그 게으른 수석 사제들이
깊이 파고들어 가, 모습을 드러내고…… 멀리서 우리에게
　　말을 건네며,
하느님의 단조로운 자살을 한탄한다!

Pagana

Ir muriendo y cantando. Y bautizar la sombra
con sangre babilónica de noble gladiador.
Y rubricar los cuneiformes de la áurea alfombra
con la pluma del ruiseñor y la tinta azul del dolor.

La Vida? Hembra proteica. Contemplarla asustada
escaparse en sus velos, infiel, falsa Judith;
verla desde la herida, y asirla en la mirada,
incrustando un capricho de cera en un rubí.

Mosto de Babilonia, Holofernes sin tropas,
en el árbol cristiano yo colgué mi nidal;
la viña redentora negó amor a mis copas;
Judith, la vida aleve, sesgó su cuerpo hostial.

Tal un festín pagano. Y amarla hasta en la muerte,
mientras las venas siembran rojas perlas de mal;
y así volverse al polvo, conquistador sin suerte,
dejando miles de ojos de sangre en el puñal.

이교도 여인

노래하며 죽어 가는 것. 고귀한 검투사의
현란한 피로 어둠에 세례를 주는 것.
나이팅게일의 깃과 고통의 푸른 잉크로
황금 카펫의 설형문자에 서명하는 것.

인생이란? 변화무쌍한 암컷. 그녀가 놀라 베일 속으로
달아나는 것을 바라보는 것, 거짓말쟁이 이교도 여인
　　　유디트,[39]
상처로부터 그녀를 보는 것, 루비에 밀랍의 변덕을
아로새기며, 눈길로 그녀를 휘어잡는 것,

바빌로니아의 포도즙, 군대 없는 홀로페르네스,
난 기독교의 나무에 나의 둥지를 틀었네,
구원의 포도밭이 내 잔에 대한 사랑을 부인했네,
배신의 삶, 유디트가 제물로 바쳐진 몸뚱이를 비스듬히
　　　기울였네.

성대한 이교도의 잔치. 혈맥이 붉은 악(惡)의 진주를
　　　파종하는 동안, 죽음을 불사하고 그녀를 사랑하는 것,
그리하여 단도에 피의 눈[目]을 무수히 남기며,
불운한 정복자로, 먼지로 돌아가는 것.

Los dados eternos

Para Manuel González Prada,
esta emoción bravía y selecta, una de
las que, con más entusiasmo, me ha
aplaudido el gran maestro.

Dios mío, estoy llorando el ser que vivo;

me pesa haber tomádote tu pan;

pero este pobre barro pensativo

no es costra fermentada en tu costado:

tú no tienes Marías que se van!

Dios mío, si tú hubieras sido hombre,

hoy supieras ser Dios;

pero tú, que estuviste siempre bien,

no sientes nada de tu creación.

Y el hombre sí te sufre: el Dios es él!

Hoy que en mis ojos brujos hay candelas,

como en un condenado,

Dios mío, prenderás todas tus velas,

y jugaremos con el viejo dado...

Talvez ¡oh jugador! al dar la suerte

del universo todo,

surgirán las ojeras de la Muerte,

영원한 주사위

위대한 스승 마누엘 곤살레스 프라다[40]가
내게 더없이 뜨거운 갈채를 보낸
이 거칠고도 섬세한 감정을
그에게 바친다.

오 하느님! 제가 살아 있는 존재임을 한탄합니다.
당신의 빵을 먹은 것을 후회합니다.
그러나 생각에 잠긴 이 애처로운 진흙은
당신 옆구리의 고름 딱지가 아닙니다.
당신께는 곁을 떠나갈 마리아[41]도 없잖아요!

오 하느님! 당신께서 인간이셨다면,
오늘 하느님이 되는 법을 아셨을 테지요.
그러나 당신은, 언제나 안온하셨던 당신은,
당신의 피조물이 고통받아도 아무 느낌이 없습니다.
진정 인간은 그런 당신을 눈감아 줍니다. 그가 바로
    하느님입니다!

오늘 제 마법사의 눈엔, 저주받은 사람처럼,
촛불이 켜져 있습니다,
오 하느님! 당신의 초에 온통 불을 밝히고,
우리, 낡은 주사위로 놀이를 해 봐요……
오 놀이꾼이여! 온 우주의 운명을 걸고
주사위를 던질 때, 어쩌면

como dos ases fúnebres de lodo.

Dios mío, y esta noche sorda, oscura,
ya no podrás jugar, porque la Tierra
es un dado roído y ya redondo
a fuerza de rodar a la aventura,
que no puede parar sino en un hueco,
en el hueco de inmensa sepultura.

사신(死神)의 눈 그늘이 나타날지도 모르죠,
진흙으로 빚어진 음산한 1의 눈 두 개처럼.

오 하느님! 귀먹은, 캄캄한 이 밤,
이제 당신은 더 이상 놀이를 못 하실 테지요. 되는대로
구르다 보니 지구는 귀퉁이가
닳아 이젠 둥글어진 주사위니까요,
구멍, 거대한 무덤의 구멍이 아니면
멈춰 서지 못하는.

Los anillos fatigados

Hay ganas de volver, de amar, de no ausentarse,
y hay ganas de morir, combatido por dos
aguas encontradas que jamás han de istmarse.

Hay ganas de un gran beso que amortaje a la Vida,
que acaba en el áfrica de una agonía ardiente,
suicida!

Hay ganas de... no tener ganas, Señor;
a ti yo te señalo con el dedo deicida:
hay ganas de no haber tenido corazón.

La primavera vuelve, vuelve y se irá. Y Dios,
curvado en tiempo, se repite, y pasa, pasa
a cuestas con la espina dorsal del Universo.

Cuando las sienes tocan su lúgubre tambor,
cuando me duele el sueño grabado en un puñal,
¡hay ganas de quedarse plantado en este verso!

지친 반지

돌아가, 사랑하고 싶은 욕망, 사라지고 싶지 않은 욕망이
　　있습니다,
결코 하나로 합쳐질 수 없는 정반대의 두 물결에 난타당해,
죽고 싶은 욕망이 있습니다.

불타는 단말마의 아프리카에서 끝나는,
삶에 수의를 입힐 멋진 입맞춤에 대한 욕망,
자살에 대한 욕망이 있습니다!

욕망하고 싶지 않은…… 욕망이 있습니다, 주님.
예수님을 죽인 손가락으로 당신을 가리킵니다.
차라리 심장이 없었더라면 하는 욕망이 있습니다.

봄은 돌아오고, 돌아왔다 떠나갈 테지요. 그리고 하느님은,
때가 되면 휘어지고, 같은 일을 되풀이하고, 우주의
척추를 짊어지고 지나갈, 지나갈 테지요.

관자놀이가 음산한 북을 두드릴 때,
단도에 새겨진 꿈이 저를 아프게 할 때,
이 시구(詩句) 위에 우뚝 서 있고 싶은 욕망이 있습니다!

Santoral
(Parágrafos)

Viejo Osiris! Llegué hasta la pared
de enfrente de la vida.

Y me parece que he tenido siempre
a la mano esta pared.

Soy la sombra, el reverso: todo va
bajo mis pasos de columna eterna.

Nada he traído por las trenzas; todo
fácil se vino a mí, como una herencia.

Sardanápalo. Tal, botón eléctrico
de máquinas de sueño fue mi boca.

Así he llegado a la pared de enfrente;
y siempre esta pared tuve a la mano.

Viejo Osiris! Perdónote! Que nada
alcanzó a requerirme, nada, nada...

성인 열전(단락)

늙은 오시리스[42]여! 난 삶의
맞은편 벽까지 다다랐다.

이 벽은 늘 손 닿을 거리에
있었던 것 같다.

난 그림자요, 뒷면. 모든 것은
영원한 기둥의 내 발자국 아래로 지나간다.

난 그 무엇도 머리채를 잡아끌고 오지 않았다. 모든 것은
술술 내게로 왔다, 물려받은 재산처럼.

사르다나팔루스.[43] 그렇게, 내 입은
꿈의 기계의 전기 버튼이었다.

그렇게 난 맞은편 벽에 다다랐다.
이 벽은 늘 손 닿을 거리에 있었다.

늙은 오시리스여! 그대를 용서하노라! 결국
그 무엇도 나를 필요로 하지 않았으니, 결코, 결코……

Lluvia

En Lima... En Lima está lloviendo
el agua sucia de un dolor
qué mortífero! Está lloviendo
de la gotera de tu amor.

No te hagas la que está durmiendo,
recuerda de tu trovador;
que yo ya comprendo... comprendo
la humana ecuación de tu amor.

Truena en la mística dulzaina
la gema tempestuosa y zaina,
la brujería de tu "sí".

Mas, cae, cae el aguacero
al ataúd de mi sendero,
donde me ahueso para ti...

비

리마에…… 리마에 비가 내리고 있어요.
그토록 치명적인 고통의
구정물! 그대 사랑의 갈라진
틈에서 비가 내리고 있어요.

그대 잠든 척하지 말아요,
그대의 음유시인을 기억해 주오.
알겠어요…… 인간적인 그대
사랑의 방정식을 이제 알겠어요.

신비한 둘사이나[44]에서 우르릉댑니다,
폭풍이 몰아치는 위선적인 보석,
그대의 '네'라는 마법.

하지만, 쏟아져요, 소낙비가 쏟아져요,
나 그대를 위해 사위어 가는
내 오솔길의 관(棺)으로……

Amor

Amor, ya no vuelves a mis ojos muertos;
y cuál mi idealista corazón te llora.
Mis cálices todos aguardan abiertos
tus hostias de otoño y vinos de aurora.

Amor, cruz divina, riega mis desiertos
con tu sangre de astros que sueña y que llora.
¡Amor, ya no vuelves a mis ojos muertos
que temen y ansían tu llanto de aurora!

Amor, no te quiero cuando estás distante
rifado en afeites de alegre bacante,
o en frágil y chata facción de mujer.

Amor, ven sin carne, de un icor que asombre;
y que yo, a manera de Dios, sea el hombre
que ama y engendra sin sensual placer!

사랑

사랑이여, 이제 다시는 내 썩은 눈으로 돌아오지 마라.
이상을 좇는 내 가슴은 그대를 위해 하염없이 눈물 흘린다.
나의 모든 성배는 열린 채 기다린다,
그대의 가을 성체(聖體)와 여명의 포도주를.

사랑이여, 성스러운 십자가여, 꿈꾸고 흐느끼는
그대 별들의 피를 내 사막에 뿌려 다오.
사랑이여, 그대의 여명의 탄식을 두려워하는 동시에
갈망하는 내 썩은 눈으로 이제 다시는 돌아오지 마라!

사랑이여, 그대가 음란한 바쿠스 무녀의
장신구로, 연약한 들창코 여인의 얼굴로
제비 뽑혀 멀리 있을 때, 나 그대를 사랑하지 않으리.

사랑이여, 경이로운 이코르[45]에서, 육신 없이 오라.
나도, 신처럼, 관능적인 쾌락 없이도 사랑하고
아이를 낳는 남자가 되리니!

Dios

Siento a Dios que camina
tan en mí, con la tarde y con el mar.
Con él nos vamos juntos. Anochece.
Con él anochecemos. Orfandad...

Pero yo siento a Dios. Y hasta parece
que él me dicta no sé qué buen color.
Como un hospitalario, es bueno y triste;
mustia un dulce desdén de enamorado:
debe dolerle mucho el corazón.

Oh, Dios mío, recién a ti me llego,
hoy que amo tanto en esta tarde; hoy
que en la falsa balanza de unos senos,
mido y lloro una frágil Creación.

Y tú, cuál llorarás... tú, enamorado
de tanto enorme seno girador...
Yo te consagro Dios, porque amas tanto;
porque jamás sonríes; porque siempre
debe dolerte mucho el corazón.

하느님

저녁과 함께 바다와 함께, 내 몸속을
거니시는 하느님을 느낀다.
우린 그분과 동행한다. 날이 저물고
그분과 함께 밤을 맞는다. 외돌토리 신세⋯⋯

그러나 난 하느님을 느낀다. 심지어 그분께서
알지 못할 좋은 빛깔을 내게 주시는 것만 같다.
종교 자선단체 회원처럼, 선하고 수심이 가득한 당신,
연인의 달콤한 모멸에 어깨가 처지는 당신,
마음이 얼마나 아프실까.

오, 저의 하느님, 저는 이제 막 당신께 다가갔고,
오늘 이 저녁 사무치게 사랑합니다. 오늘
어느 젖가슴의 엉터리 저울에
무게를 달고 허약한 천지 창조에 눈물 흘립니다.

당신은, 얼마나 탄식하실지⋯⋯ 빙빙 도는
그 거대한 가슴과 사랑에 빠지신 당신은⋯⋯
하느님, 저를 당신께 봉헌합니다, 그토록 큰 사랑 주시니,
결코 미소 짓는 법 없으시니, 언제나
찢어질 듯 가슴 아프시리니.

Unidad

En esta noche mi reloj jadea
junto a la sien oscurecida, como
manzana del revólver que voltea
bajo el gatillo sin hallar el plomo.

La luna blanca, inmóvil, lagrimea,
y es un ojo que apunta... Y siento cómo
se acuña el gran Misterio en una idea
hostil y ovóidea, en un bermejo plomo.

¡Ah, mano que limita, que amenaza
tras de todas las puertas, y que alienta
en todos los relojes, cede y pasa!

Sobre la araña gris de tu armazón,
otra gran Mano hecha de luz sustenta
un plomo en forma azul de corazón.

하나됨

오늘 밤 내 시계는 어두워진
관자놀이 옆에서 숨을 헐떡인다, 총알을
찾지 못하고 방아쇠 아래서
빙글빙글 도는 리볼버의 탄창처럼.[46]

하얀 달이 가만히 눈물 흘린다,
그건 겨냥하는 눈…… 난 거대한 신비가
어떻게 타원형의 적대적인 관념으로,
주홍색 총탄으로 변하는지 느낀다.

아, 경계를 정하는 손, 모든 문들
뒤에서 위협하는, 모든 시계들 속에서
호흡하고, 물러서서 지나가는!

그대 뼈대의 잿빛 거미 위에서,
빛으로 빚어진 또 다른 거대한 손이
푸른 심장 모양의 총알을 떠받치고 있다.

Los arrieros

Arriero, vas fabulosamente vidriado de sudor.
La hacienda Menocucho
cobra mil sinsabores diarios por la vida.
Las doce. Vamos a la cintura del día.
El sol que duele mucho.

Arriero, con tu poncho colorado te alejas,
saboreando el romance peruano de tu coca.
Y yo desde una hamaca,
desde un siglo de duda,
cavilo tu horizonte, y atisbo lamentado
por zancudos y por el estribillo gentil
y enfermo de una "paca-paca".

Al fin tú llegarás donde debes llegar,
arriero, que, detrás de tu burro santurrón,
te vas...
te vas...

Feliz de ti, en este calor en que se encabritan
todas las ansias y todos los motivos;
cuando el espíritu que anima al cuerpo apenas,

노새꾼

노새꾼이여, 넌 땀에 젖어 번들거리며 잘도 걷는다.
평생 날이면 날마다 오만 가지 불쾌감을
안겨 주는 메노쿠초 농장.
12시. 우리는 하루의 허리에 다다랐다.
숨을 헐떡이는 태양.

노새꾼이여, 넌 빨간 판초를 걸치고 길을 떠난다,
코카 잎의 페루 연가(戀歌)를 음미하며.
해먹으로부터,
의심의 세기로부터,
난 너의 지평선을 곰곰이 생각하고, 긴 다리 모기떼와
수리부엉이[47]의 나긋하고 힘없는 후렴을
탄식하며 지켜본다.

넌 결국 다다라야 할 곳에 다다르리라.
노새꾼이여, 넌 점잔 빼는 나귀를 뒤따라간다,
터덜터덜……
터덜터덜……

온갖 번민과 온갖 동기가 고개를
쳐드는 이 열기 속에서, 넌 행운아.
육신에 좀처럼 생기를 불어넣지 못하는 영혼은,

va sin coca, y no atina a cabestrar
su bruto hacia los Andes
oxidentales de la Eternidad.

코카 잎 없이 견디고, 영원의
서쪽[48] 안데스를 향해 네 짐승의
고삐를 틀어쥐지 못하는데.

집의 노래

Encaje de fiebre

Por los cuadros de santos en el muro colgados
mis pupilas arrastran un ay! de anochecer;
y en un temblor de fiebre, con los brazos cruzados,
mi ser recibe vaga visita del Noser.

Una mosca llorona en los muebles cansados
yo no sé qué leyenda fatal quiere verter:
una ilusión de Orientes que fugan asaltados;
un nido azul de alondras que mueren al nacer.

En un sillón antiguo sentado está mi padre.
Como una Dolorosa, entra y sale mi madre.
Y al verlos siento un algo que no quiere partir.

Porque antes de la oblea que es hostia hecha de Ciencia,
está la hostia, oblea hecha de Providencia.
Y la visita nace, me ayuda a bien vivir...

열병의 레이스

벽에 걸린 성인들의 초상 사이로
나의 눈동자가 해거름의 탄식을 끌고 간다!
그리고 열병의 전율 속에서, 팔짱을 낀 채,
내 존재는 비존재의 어렴풋한 방문을 받는다.

피로에 지친 세간들 위에서 울고 있는 파리가
알지 못할 끔찍한 전설을 쏟아 놓고 싶어 한다.
습격당해 달아나는 오리엔트의 환상,
태어나면서 죽는 종달새들의 푸른 둥지.

낡은 안락의자에 아버지가 앉아 계신다.
통고의 성모처럼, 어머니가 드나드신다.
당신들을 뵐 때 난 사라지고 싶어 하지 않는 무언가를
　　느낀다.

과학으로 빚은 성체인 제병(祭餠)에 앞서,
신의(神意)로 빚은 제병인 성체가 있기 때문.
그리고 방문객이 태어나, 나의 참살이를 돕는다……

Los pasos lejanos

Mi padre duerme. Su semblante augusto
figura un apacible corazón;
está ahora tan dulce…
si hay algo en él de amargo, seré yo.

Hay soledad en el hogar; se reza;
y no hay noticias de los hijos hoy.
Mi padre se despierta, ausculta
la huida a Egipto, el restañante adiós.
Está ahora tan cerca;
si hay algo en él de lejos, seré yo.

Y mi madre pasea allá en los huertos,
saboreando un sabor ya sin sabor.
Está ahora tan suave,
tan ala, tan salida, tan amor.

Hay soledad en el hogar sin bulla,
sin noticias, sin verde, sin niñez.
Y si hay algo quebrado en esta tarde,
y que baja y que cruje,
son dos viejos caminos blancos, curvos.

아득한 발소리

아버지는 잠이 드셨다. 근엄한 표정 사이로
온화한 가슴이 드러나 보인다.
지금은 한없이 달콤하신 아버지……
당신 가슴에 멍울이 있다면, 그건 나이리라.

집안은 적막하다. 기도 소리뿐.
오늘 자식들에게서 아무 기별이 없다.
아버지는 잠에서 깨어나, 이집트로의 피신,
가슴이 미어지는 이별의 소리를 들으신다.
지금은 손에 닿을 듯 가까이에 계신 아버지,
당신 가슴에 아득함이 있다면, 그건 나이리라.

어머니는 이젠 맛없는 맛을 음미하며,
저기 텃밭을 거닐고 계신다.
지금은 한없이 부드럽고, 한없이 날개 같고,
한없이 자유롭고, 한없이 다정하신 어머니.

북적거림도, 기별도, 초록빛도,
유년기도 없는 집안은 적막하다.
만약 이 저녁 하강하며 삐걱거리는,
부서진 것이 있다면,
그건 두 개의 하얀 옛 에움길.

Por ellos va mi corazón a pie.

내 마음 그 길을 걸어간다.

A mi hermano Miguel

— In memoriam

Hermano, hoy estoy en el poyo de la casa,
donde nos haces una falta sin fondo!
Me acuerdo que jugábamos esta hora, y que mamá
nos acariciaba: "Pero, hijos..."

Ahora yo me escondo,
como antes, todas estas oraciones
vespertinas, y espero que tú no des conmigo.
Por la sala, el zaguán, los corredores.
Después, te ocultas tú, y yo no doy contigo.
Me acuerdo que nos hacíamos llorar,
hermano, en aquel juego.

Miguel, tú te escondiste
una noche de agosto, al alborear;
pero, en vez de ocultarte riendo, estabas triste.
Y tu gemelo corazón de esas tardes
extintas se ha aburrido de no encontrarte. Y ya
cae sombra en el alma.

Oye, hermano, no tardes
en salir. Bueno? Puede inquietarse mamá.

미겔[49] 형에게
— 형을 기리며

형, 오늘 난 집 돌 벤치에 앉아 있어.
형이 너무 보고 싶어!
이맘때면 같이 놀았던 게 생각나, 엄마는
우리를 어루만지며 말씀하셨지: "아이고, 요놈들아……"

예전에 저녁기도 시간이면 늘
그랬듯이, 지금은 내가
숨을 차례야, 형이 못 찾아야 할 텐데.
거실, 현관, 복도.
다음엔, 형이 숨고 난 형을 못 찾아야 해.
형, 숨바꼭질을 하다가 우리가
울음을 터뜨렸던 일이 생각나.

형, 형은 8월 어느 날 밤,
동틀 녘에 숨었어.
그런데 웃으며 숨는 대신, 침울한 얼굴이었지.
가 버린 시절의 그 저녁들, 형의 쌍둥이
심장은 형을 찾지 못해 따분해졌어. 벌써
영혼에 어둠이 내리는걸.

형, 너무 늦게까지 숨어 있으면
안 돼. 알았지? 엄마가 걱정하시잖아.

Enereida

Mi padre, apenas,

en la mañana pajarina, pone

sus setentiocho años, sus setentiocho

ramos de invierno a solear.

El cementerio de Santiago, untado

en alegre año nuevo, está a la vista.

Cuántas veces sus pasos cortaron hacia él,

y tornaron de algún entierro humilde.

Hoy hace mucho tiempo que mi padre no sale!

Una broma de niños se desbanda.

Otras veces le hablaba a mi madre

de impresiones urbanas, de política;

y hoy, apoyado en su bastón ilustre

que sonara mejor en los años de la Gobernación,

mi padre está desconocido, frágil,

mi padre es una víspera.

Lleva, trae, abstraído, reliquias, cosas,

recuerdos, sugerencias.

La mañana apacible le acompaña

con sus alas blancas de hermana de caridad.

1월의 노래[50]

새들이 지저귀는 아침 녘,
아버지는, 힘겹게, 당신의 일흔여덟 나이를,
당신의 일흔여덟 겨울 나뭇가지를
볕에 내놓으신다.
즐거운 새해, 성유(聖油)가 뿌려진
산티아고 공동묘지가 시야에 들어온다.
당신의 발걸음은 몇 번이나 그리로 향했고,
또 몇 번이나 초라한 장례식에서 돌아왔던가.

오늘 아버지는 오랜만에 문밖에 나오셨다!
아이들 재잘대는 소리 흩어진다.

예전에 아버지는 어머니에게 도시의 인상이나
정치에 대해 말씀하시곤 했다.
관청에서 일하실 때 더 낭랑하게 울렸을
이름난 지팡이에 몸을 의지하신 채,
지금, 아버지는 쇠약하고, 낯선 모습이다,
아버지는 황혼이시다.
얼이 빠져, 가져가고, 가져오신다, 유품을, 물건을,
추억을, 당부의 말씀을.
평온한 아침이 카리타스 수녀의
흰 날개로 당신과 동행한다.

Día eterno es éste, día ingenuo, infante,

coral, oracional;

se corona el tiempo de palomas,

y el futuro se puebla

de caravanas de inmortales rosas.

Padre, aún sigue todo despertando;

es enero que canta, es tu amor

que resonando va en la Eternidad.

Aún reirás de tus pequeñuelos,

y habrá bulla triunfal en los Vacíos.

Aún será año nuevo. Habrá empanadas;

y yo tendré hambre, cuando toque a misa

en el beato campanario

el buen ciego mélico con quien

departieron mis sílabas escolares y frescas,

mi inocencia rotunda.

Y cuando la mañana llena de gracia,

desde sus senos de tiempo,

que son dos renuncias, dos avances de amor

que se tienden y ruegan infinito, eterna vida,

오늘은 영원의 날, 합창하고, 기도하는,
아이처럼, 순박한 날.
시간은 비둘기들의 왕관을 쓰고
미래는 불멸의 장미
행렬로 흘러넘친다.
아버지, 여전히 모든 것이 깨어나고 있어요.
그건 노래하는 1월이고, 영원 속에서
울려 퍼지는 당신의 사랑이에요.
아직도 당신은 어린 자식들 때문에 웃으실 테고
왁자지껄 떠드는 소리 허공을 가득 채우겠지요.

아직 여전히 새해일 테지요. 엠파나다[51]가 있겠지요.
성스러운 종탑에서 달콤한 선한 맹인이
미사를 알리는 종을 울리면,
저는 꼬르륵 배가 고프겠지요. 학창 시절
싱그러운 저의 구절들, 저의 옹골진 동심을
함께 나누었던 종지기[52].
아침이 은총으로 가득할 때,
두 개의 체념이요, 몸을 뻗고 누워 무한을,
영원한 삶을 간구하는 두 개의 사랑의 진전인
그 시간의 젖가슴으로부터,

cante, y eche a volar Verbos plurales,

jirones de tu ser,

a la borda de sus alas blancas

de hermana de caridad ¡oh, padre mio!

노래하며, 복수형 동사들을, 당신 존재의
누더기를 날려 버리소서,
카리타스 수녀의 흰 날개
끝자락으로. 오, 나의 아버지!

Espergesia

Yo nací un día
que Dios estuvo enfermo.

Todos saben que vivo,
que soy malo; y no saben
del diciembre de ese enero.
Pues yo nací un día
que Dios estuvo enfermo.

Hay un vacío
en mi aire metafísico
que nadie ha de palpar:
el claustro de un silencio
que habló a flor de fuego.

Yo nací un día
que Dios estuvo enfermo.

Hermano, escucha, escucha...
Bueno. Y que no me vaya
sin llevar diciembres,
sin dejar eneros.

첨언

나는 신이
아프던 날 태어났다.

모두들 안다, 내가 살아 있고
못된 놈이란 것을. 그러나 그 1월의
12월에 대해선 모른다.
난 신이
아프던 날 태어났으니.

아무도 손대지 않을
나의 형이상학적인 하늘엔
텅 빈 공간이 있다,
불꽃으로 말한
침묵의 회랑.

나는 신이
아프던 날 태어났다.

형제여, 들어 봐, 제발 들어 봐……
그래. 12월들을 데려가지 않고는,
1월들을 남겨 두지 않고는
날 떠나보내지 마.

Pues yo nací un día
que Dios estuvo enfermo.

Todos saben que vivo,
que mastico... Y no saben
por qué en mi verso chirrían,
oscuro sinsabor de féretro,
luyidos vientos
desenroscados de la Esfinge
preguntona del Desierto.

Todos saben... Y no saben
que la Luz es tísica,
y la Sombra gorda...
Y no saben que el Misterio sintetiza...
que él es la joroba
musical y triste que a distancia denuncia
el paso meridiano de las lindes a las Lindes.

Yo nací un día
que Dios estuvo enfermo,
grave.

난 신이
아프던 날 태어났으니.

모두들 안다, 내가 살아 있고,
내가 지난날을 곱씹는다는 것을…… 그러나 모른다
왜 나의 시에선 삐걱 소리를 내는지,
관(棺)의 어두운 비애가,
사막의 질문쟁이
스핑크스에서 풀려난
맞부딪치는 바람이.

모두들 안다…… 그러나 모른다
빛은 폐병쟁이고,
그림자는 뚱보라는 것을……
그러나 알지 못한다, 신비는 여럿을 한데 합친다는 것을……
신비는 저 멀리 경계에서 경계까지
자오선의 발걸음을 알려 주는
선율적인 슬픈 곱사등이라는 것을.

나는 신이
몹시 아프던 날
태어났다.

1) Attila(406?-453). 5세기 전반의 민족 대이동기에 지금의 루마니아인 트란실바니아를 본거지로 주변의 게르만 부족과 동고트족을 굴복시켜 동으로 카스피해에서 서로 라인강에 이르는 대제국을 건설하였던 훈족의 왕.

2) 시인이 부모의 기대를 저버리고 성직자의 길을 포기한 사실을 가리킴.

3) 예수가 십자가에 못 박혔을 때 그의 옆구리를 창으로 찌른 로마 병사.

4) 트루히요 시절의 동료 시인. 1916년 10월 《발네아리오스(Balnearios)》에 바예호에게 찬사를 보내는 글을 게재한 바 있다.

5) 바예호가 사랑에 빠졌던 조카 오틸리아 바예호 감보아(Otilia Vallejo Gamboa)의 애칭.

6) 전설상의 성녀. 십자가를 짊어지고 형장으로 향하는 예수의 땀을 닦아 주었는데, 그 수건에 예수의 얼굴이 찍혀 나왔다고 전해진다.

7) 이스라엘 민족이 모세의 인도로 이집트를 탈출하여 가나안 땅으로 가던 도중, 광야에서 먹을 음식과 마실 물이 없어 방황하고 있을 때에 여호와가 하늘에서 날마다 내려 주었다고 하는 기적의 음식.

8) José Eulogio Garrido(1888~1967). 페루의 민속 연구가이자 작가, 언론인. 트루히요 시절 보헤미안적인 지식인·예술가 그룹 노르테(Norte)에서 바예호와 함께 활동했다.

9) 예수의 수난과 십자가의 죽음을 묵상하고 기념하는 성주간의 금요일.

10) 갈릴리 호숫가에 있는 막달라 출신의 여인 마리아 막달레나를 말함. 귀신이 들렸다가 예수에 의해 고침을 받은 후 예수를 따르게 되었다.

11) 페루 서북쪽 태평양 연안에 위치한 상업 도시 트루히요의 교외 지역.

12) 주로 옥수수를 발효하여 만든 알코올 음료로 안데스 지역의 잉카 문화권에서 종교 의례와 축제에 자주 등장한다.

13) 다산의 여신으로 여자들에게 실을 잣고 옷감을 짜는 법을 가르쳤다고 전해지는 마마 오크요(Mama Ocllo)를 가리킨다.

14) 잉카 신화에 등장하는 잉카문명의 시조이자 최초의 통치자.

15) 잉카의 성스러운 새로, 전통 의상에서 그 깃털은 왕권을 상징한다.

16) 정복 이전 시대 잉카의 도자기 공예품.

17) 1918년 8월 8일 산티아고데추코에서 사망한 시인의 어머니를 가리킴.

18) 'tahushando'를 옮긴 것이다. 시인이 만들어낸 신조어로 스페인어와 쿨레어 접촉의 산물이다. 이 신조어를 다각도로 연구한 이비코 로하스 로하스(Íbico Rojas Rojas)에 따르면 'reverenciando(떠받들며, 숭배하며)'의 뜻을 갖는다고 한다.

19) 잉카에서 유래한 애절하고 구슬픈 노래.

20) 안데스 지역 인디오들이 애용하는 작은 피리. 애조를 띤 소리를 내며, 흔히 갈대 줄기로 만드나 동물의 뼈로 만든 것도 있다.

21) 산티아고데추코의 수호성인 야고보를 가리킴.

22) 경쾌한 리듬의 안데스 민속춤.

23) 나무 상자 모양의 안데스 지역 토착 악기로 북과 유사하다.
타양가(Tayanga)는 이 악기가 많이 생산되는 북부 마을의 지명.

24) 페루 전역의 정복 이전 시대 무덤에서 흔히 발견되는 미라를 말함.

25) 야생의 과나코를 가축화한 종으로 낙타와 비슷하나 몸집이 훨씬 작다.

26) 신약 성서에 나오는 인물로, 죽은 지 나흘 만에 예수가 회생시킨 사람.

27) 쿠스코에 있는 잉카 시대의 신전으로 케추아어로 '황금 들판'을 뜻하며, 흔히 태양의 신전이라고 불린다.

28) 구약 성서의 인물로 과부가 된 후 시어머니인 나오미에게 효도를 다하다가 재혼한 모아브 여인.

29) 바예호의 고향 산티아고데추코의 이웃 마을.

30) 고대 로마의 시인.

31) 여기서는 '대도시, 코스모폴리스'의 의미이며, 구체적으로 리마를 가리킴.

32) 제우스의 아들로, 신들의 비밀을 누설한 벌로 지옥의 물에 턱까지 잠겨 목이 말라 물을 마시려 하면 물이 빠지고 배가 고파 머리 위에 늘어진 과실을 따려 하면 나뭇가지가 뒤로 물러가서 애타는 괴로움을 맛보았다고 한다.

33) 트루히요 시절 바예호의 친구.

34) 원문에는 'se bebe'로 나와 있는데, 배가 고파 물을 마시듯 허겁지겁 식사하는 모습을 생생하게 표현하고 있다.

35) 바예호의 시에서 숫자는 매우 중요한 의미를 갖는데, 신비주의 철학에서 충만함을 상징하는 숫자 1은 바예호에게서 조화와 질서의 파괴, 개인의 고독을 상징한다.

36) 성체성사(聖體聖事)에서 빵과 포도주가 그리스도의 몸과 피로 변하는 일.

37) 두 눈이 초점을 맞추었을 때 같은 초점 거리에 있는 응시점들로 이루어진 기닝의 표면.

38) 루벤 다리오(Rubén Darío, 1867-1916). 19세기 말에

모데르니스모(Modernismo)를 주창하여 라틴아메리카 근대 문학의 문을 연 니카라과 시인.

39) 구약 성서 외경에 나오는 유대인 여성으로, 아시리아의 적장 홀로페르네스를 유혹해 목을 베어 나라를 구한 전설적인 인물.

40) Manuel González Prada(1844-1918). 페루의 무정부주의자이자 사상가, 시인으로 19세기 말에서 20세기 초 페루 문단과 정치계에서 가장 영향력 있는 인물의 한 사람이었다.

41) 바예호의 주변에는 마리아라는 이름의 유명을 달리한 여자들이 많았는데, 어머니 마리아 데 로스 산토스 멘도사(María de los Santos Mendoza)와 누이, 그리고 『검은 전령』의 여러 시에 영감을 주었던 첫사랑 마리아 로사 산도발(María Rosa Sandoval)이 있다. 약 1년 동안 연인 관계였던 산도발은 바예호에게 고통을 주지 않기 위해 폐결핵을 숨기고 홀로 산악 지대로 들어가 1918년 사망했다. 이 시는 산도발의 사망 소식을 접한 뒤에 썼다.

42) 이집트 신화에 나오는 대지의 신. 이시스의 남편이며 저승의 왕으로, 죽은 사람의 죄과를 심판한다.

43) 호색과 사치로 악명이 높은, 아시리아의 마지막 왕.

44) 길이가 짧고 고음인, 피리 비슷한 관악기.

45) 그리스신화에서 신들의 몸속을 혈액처럼 흐른다는 영액(靈液).

46) 미르토(Mirtho)와 결별한 후 1917년 12월에 있었던 바예호의 자살 시도를 암시한다.

47) 원문은 'paca-paca'. 울음소리 때문에 페루에서는 파카파카로 불린다.

48) 바예호의 시에서 '서쪽(oeste)'은 대부분 소멸하는 것의 상징이다.

49) 시인의 바로 위 형인 미겔(Miguel)은 1915년 8월 22일 젊은 나이에 사망했다. 어린 시절 시인은 형제들 중 미겔과 손위 누이 둘, 이렇게 넷이 주로 지냈다.

50) 이 시의 원 제목인 Enereida는 'enero(1월)'와 베르길리우스의 서사시 제목 'La Eneida(아이네이스, '아이네이아스의 노래'라는 뜻)'를 합성한 신조어다.

51) 밀가루 반죽 속에 고기나 생선, 야채를 넣고 굽거나 튀긴 스페인의 전통 요리로 아르헨티나, 페루, 볼리비아 등 라틴아메리카에서도 즐겨 먹는다.

52) 『트릴세』세 번째 시에는 종지기의 이름이 '산티아고(Santiago)'로 나와 있다. "어른들은/ 언제나 돌아오실까?/ 눈먼 산티아고는 6시를 치는데/ 날은 벌써 이렇게 깜깜한데."

1892년   3월 16일 페루 북부의 산티아고데추코(Santiago de
Chuco)에서 아버지 프란시스코 데 파울라 바예호(Francisco
de Paula Vallejo)와 어머니 마리아 데 로스 산토스
멘도사(María de los Santos Mendoza) 사이에서 11형제(7남
4녀) 중 막내로 태어남. 본명은 세사르 아브라암 바예호
멘도사(César Abraham Vallejo Mendoza). 친가와 외가 모두
조부는 스페인 갈리시아 출신의 성직자이고 조모는 선주민
출신인 메스티소 혈통임. 5월 19일 세례를 받음.

1900년   1904년까지 산티아고데추코 시립학교에서 초등교육을
받음.

1905년   1908년까지 와마추코의 산니콜라스 국립학교에서 중등
교육을 받음. 3학년이던 1907년에는 가정 형편이 어려워
고향 집에서 독학함.

1909년   가족의 경제적 어려움 때문에 귀향하여 부친의 일을 거듦.

1910년   성직자가 되기를 바랐던 부모의 기대와 달리 트루히요의
라리베르타드 대학교 문과대학에 입학. 경제적 이유로
귀향.

1911년   리마의 산마르코스 대학교 의과대학에 입학하지만,
다시 경제적 이유로 학업 중단. 아코밤바의 한 농장에서
정치인이자 부유한 농장주 도밍고 소틸(Domingo
Sotil)의 자녀 가정교사로 7개월 동안 일함. 리마의
《바리에다데스(Variedades)》에 조소 어린 논평과 함께 그의
소네트 한 연이 실림.

1912년   트루히요로 돌아가 치카마 계곡의 사탕수수 농장
'로마(Roma)'에서 회계 보조로 일하며 인디오 일꾼들이
가혹하게 착취당하는 현실을 목도. 이 경험을 통해 사회적

불의에 대한 감수성을 일깨움.

1913년   농장 일을 그만두고 3월 라리베르타드 대학교 문과대학에
재등록. 학비 조달을 위해 Centro Escolar de Varones N.º
241에서 교사로 일함.

1914년   훗날 『검은 전령(Los heraldos negros)』에 포함될 시 몇 편을
지역 일간지에 발표. 여러 축제와 행사에서 시를 낭송함.

1915년   라리베르타드 대학교 문과대학 3학년과 법과대학 1학년
수학. 산후안 국립학교에서 초등부 교사로 일함. 훗날
저명한 소설가로 성장하는 시로 알레그리아(Ciro Alegría)가
산후안 학교 시절의 학생이었음. 안테노르 오레고(Antenor
Orrego), 아야 데 라 토레(Haya de la Torre), 호세 에울로히오
가리도(José Eulogio Garrido) 등과 함께 청년 지식인·예술가
그룹 노르테(Norte)의 일원으로 활동함. 8월 22일, 어린
시절 가장 가까운 놀이 친구였던 형 미겔(Miguel) 사망.
9월 22일, 라리베르타드 대학교에서 「스페인 시에서의
낭만주의(El romanticismo en la poesía castellana)」라는
논문으로 학사 학위 취득. 《라 레포르마(La Reforma)》에
「죽은 종들(Campanas muertas)」 발표.

1916년   잠시 귀향했다가 트루히요로 돌아가 법학 공부를
계속함. 『검은 전령』의 몇몇 시에 영감을 준 마리아 로사
산도발(María Rosa Sandoval)과 사랑에 빠짐. 훗날 개작되어
『검은 전령』에 수록될 「마을 풍경(Aldeana)」, 「들녘의
밤(Noche en el campo)」, 「마을 축제(Fiestas aldeanas)」를
《발네아리오스(Balnearios)》에 발표. 방학을 맞아 고향으로
가던 길에 메노쿠초 역에서 오랜 시간 기다리면서
시 「노새꾼(Los arrieros)」을 씀. 에사 데 케이로스(José
Maria de Eça de Queirós)의 한 인물에서 영감을 받아
코리스코소(Korriskosso)라는 가명을 사용하기 시작.

1917년   법과대학 3학년 수학. 한 축제에서 「검은 전령」 낭송.

리마에서 시인 호세 마리아 에구렌(José María Eguren)이 그의 시에 찬사를 보냄. 미르토(Mirtho)라는 애칭의 15세 소녀 소일라 로사 쿠아드라(Zoila Rosa Cuadra)와 짧고 격정적인 사랑을 함. 12월 25일 이별의 아픔을 이기지 못하고 자살을 시도하나, 이틀 뒤 동료들의 설득으로 산마르코스 대학교에서 문학과 법학 박사과정을 밟기 위해 리마로 향함.

1918년   리마의 《수라메리카(Suramérica)》에 시 발표. 호세 마리아 에구렌과 마누엘 곤살레스 프라다(Manuel González Prada)를 인터뷰함. 호세 카를로스 마리아테기(José Carlos Mariátegui), 루이스 알베르토 산체스(Luis Alberto Sánchez), 후안 파라 델 리에고(Juan Parra del Riego), 아브라암 발델로마르(Abraham Valdelomar) 등 당대의 대표적인 페루 지식인·작가들과 교우. 마리아테기 주도로 창간된 《누에스트라 에포카(Nuestra Época)》에 기고. 마리아 로사 산도발 폐결핵으로 사망. 리마의 바로스 학교에서 교사로 일을 시작하였고, 교장이 사망한 후 자리를 물려받아 경제적 어려움이 호전됨. 8월 8일 어머니 사망. 학교 동료의 조카로 시집 『트릴세(Trilce)』의 여러 시에 영감을 준 15세 소녀 오틸리아 비야누에바(Otilia Villanueva)와 사랑에 빠짐. 『검은 전령』의 원고를 출판사에게 넘기지만 출간이 지연됨.

1919년   오틸리아 가족의 개입으로 교사직을 잃고 그녀와 결별함. 과달루페 학교에서 스페인어 문법 교사로 일함. 첫 시집 『검은 전령』 출간(발행 연도는 1918년으로 찍힘). 이 책은 모데르니스모 취향, 특히 니카라과 시인 루벤 다리오(Rubén Darío) 및 우루과이 시인 훌리오 에레라 이 레이식(Julio Herrera y Reissig)의 영향과 고전적 시작법의 흔적이 엿보이지만, 개성적인 스타일과 독창적인 시어로 평단의 호평을 받음. 『트릴세』에 실릴 시들을 쓰기 시작.

1920년	과달루페 학교에서 훈육관으로 일하다 예산 문제로
	면직됨. 4월 트루히요 여행길에 고향 집을 방문함. 7월
	야고보 성인 축일을 맞아 고향에 가던 길에 와마추코에서
	행한 강연에서 무관심한 청중들을 향해 "내 시가 언젠가
	나를 루벤 다리오보다 더 위대하게 만들 것임을 안다."고
	말해 스캔들을 일으킴. 8월 지역의 정치적 소요 속에서
	부당하게 방화범, 불순분자로 몰려 검거령이 내려짐.
	와마추코를 거쳐 트루히요로 피신, 친구 집에 숨어 지내다
	11월 7일 체포되어 트루히요 형무소에 수감됨. 학생들과
	지식인들이 그의 투옥에 항의. 옥중에서 가명으로 출품한
	시 「무훈의 우화(Fabla de gesta)」로 트루히요시(市) 문학상
	2등상 수상.
1921년	112일간의 수감 생활 끝에 동료들과 지식인들의 압력,
	변호사 호세 카를로스 고도이(José Carlos Godoy)의 노력으로
	12월 26일 가석방되어 리마로 향함. 과달루페 학교에서
	보조 교사로 일함. 환상 단편 「삶과 죽음의 저편(Más allá
	de la vida y de la muerte)」으로 문학상 수상. 『트릴세』에 실릴
	시들을 계속 집필함.
1922년	어머니의 죽음, 연이은 실연, 리마에서의 궁핍한 삶,
	고통스러운 수감 생활로 인한 고아 의식이 아로새겨진
	두 번째 시집 『트릴세』가 10월 리마에서 안테노르
	오레고의 서문과 함께 출간. 시인이 처음 구상했던
	제목은 '청동 두개골(Cráneos de bronce)'이었으나 출판
	과정에서 바뀜. 많은 수록 시가 옥중에서 쓰인 이 책에
	대한 평단의 반응은 신통치 않았으나, 신조어, 비속어,
	전문어의 도입, 구문의 파괴, 자동기술법의 사용 등
	시대를 앞서간 혁신적 면모로 "초현실주의자들에 앞서
	초현실주의를 창안했다."는 평가를 받음. 11월 마드리드의
	《코스모폴리스(Cosmópolis)》에 인용되어 유럽에 처음으로

이름이 알려짐.

1923년   옥중에서 쓴 소설집『멜로그래프 음계(Escalas melografiadas)』
출간. 12편의 수록 단편 중 일부는 아방가르드 색채가
강하며『트릴세』창작의 토대가 됨. 한 안데스 농부의
광기를 다룬 환상 소설『야만적 우화(Fabla salvaje)』가
페드로 바란테스 카스트로(Pedro Barrantes Castro)가
주도하는 '페루 소설' 시리즈로 출간됨. 교사직을 잃음.
그의 재판이 재개될 것이라는 소문이 돎. 6월 17일 수중에
500솔짜리 금화 한 닢만을 지닌 채 오레고의 사촌 훌리오
갈베스(Julio Gálvez)와 함께 증기선 오로야(Oroya) 호를
타고 페루를 떠나 7월 13일 파리에 도착. 마드리드와
경유지인 몇몇 유럽 도시에 짧은 기간 머문 것을 제외하면
죽을 때까지 15년 대부분을 파리에 체류함. 번역과
가르치는 일 외에, 트루히요의 일간지《엘 노르테(El Norte)》,
파리의《라메리크 라틴(L'Amérique Latine)》, 마드리드의
《에스파냐(España)》, 라코루냐의《알파르(Alfar)》등의 잡지에
기고하며 가까스로 생계를 유지함.

1924년   3월 24일 아버지 사망. 공병을 줍고 한데서 잠을 자야
할 정도의 궁핍한 생활 중에도 후안 라레아(Juan Larrea),
비센테 우이도브로(Vicente Huidobro), 후안 그리스(Juan Gris),
파블로 네루다(Pablo Neruda), 트리스탕 차라(Tristan Tzara)
같은 작가·지식인들과 교우. 10월 장 출혈로 자선 병원에
입원하여 수술을 받음. 페루 정부가 귀국 요청. 사후에
'산문시(poemas en prosa)'로 묶이게 되는 시 몇 편과 잉카
소재의 중편 역사 소설『시리스인들의 왕국을 향하여(Hacia
el reino de los Sciris)』집필.

1925년   파리의 오페라가(街)에 창설된 통신사 '레 그랑
주르노 이베로아메리캥(Les Grands Journaux Ibéro-
américains)' 사무소에서 서기로 일함. 5월 리마의 주간지

《문디알(Mundial)》에 기고하기 시작. 6~7월에 병이 재발함. 스페인 주재 페루 대사관 서기관이던 파블로 아브릴(Pablo Abril)의 주선으로 받게 된 스페인 정부 장학금 수령을 위해 마드리드 방문. 12월 파리로 돌아감.

1926년 연초에 병세가 심해짐. 첫 프랑스인 동반자 앙리에트 메세(Henriette Maisse)를 만나 1928년 10월까지 동거. 후안 라레아와 《파보라블레스-파리스-포에마(Favorables-París-Poema)》를, 파블로 아브릴과 주간지 《라 세마나 파리지앵(La Semana Parisién)》을 창간하나 두 잡지 모두 단명함. 7월 리마의 《바리에다데스》에 기고 시작. 마리아테기가 창간한 《아마우타(Amauta)》에 시 「나는 웃고 있습니다(Me estoy riendo)」 발표.

1927년 3월 마드리드 방문. 4월 통신사 일을 그만둠. 스페인 정부 장학금 포기. 시인이 묵고 있던 호텔 앞 아파트에서 어머니와 살고 있던 18세의 조젯 마리 필리파르(Georgette Marie Philippart Travers)를 알게 됨. 마르크스주의에 심취함.

1928년 마리아테기가 『페루 현실에 대한 7가지 해석적 시론(7 ensayos de interpretación de la realidad peruana)』에서 그를 페루 문학사상 최초로 선주민 정서를 문학적으로 구현한 시인으로 높이 평가함. 4월에 심각한 병을 앓았으나 회복함. 페루로 돌아가기 위한 경비로 10월 첫 소련 방문. 파리로 돌아가 페루의 남미혁명인민동맹(APRA)과 결별하고 마리아테기가 창설한 사회당의 파리 세포를 조직. 정치·사회 문제에 대한 깊은 관심으로 프롤레타리아 계급의 대의와 소비에트 민중을 지지하는 정치 집회에 지속적으로 참가하면서 마르크스주의에 대한 연구를 계속함. 조젯과 동거 시작.

1929년 일간지 《엘 코메르시오(El Comercio)》의 특파원으로 활동. 7월 영국 여행. 9월 말 조젯과 함께 두 번째로 소련 방문.

러시아의 미래파 시인 마야콥스키와 인터뷰함. 파리로
돌아가기 전 베를린, 쾰른, 바르샤바, 프라하, 비엔나,
부다페스트, 모스크바, 레닌그라드, 그리고 베네치아를
비롯한 이탈리아의 여러 도시에 체류함.

1930년   1월 대공황의 여파로 《문디알》과 《엘 코메르시오》
기고 중단. 파블로 아브릴이 마드리드에서 발간하던
《볼리바르(Bolívar)》에 소련 여행기 발표. 호세 베르가민(José
Bergamín)이 서문을 쓴 『트릴세』 재판 출간에 맞춰 조젯과
마드리드 방문. 비평계의 주목을 받으며 스페인에서 그의
시가 발견되는 계기가 됨. 라파엘 알베르티(Rafael Alberti)와
페드로 살리나스(Pedro Salinas)를 만남. 파리로 돌아가지만
소련 방문과 정치적 활동을 이유로 12월 추방되어
스페인으로 향함. 금속 공장의 노동자 파업을 다룬 극작품
『직장 폐쇄(Lock-out)』를 프랑스어로 집필하였으나 사후에
출간됨. 또 다른 극작품 『강변 사이로 강물은 흐르고(Entre
las dos orillas corre el río)』도 같은 운명을 밟음. 1930년 완성한
극작품 「맘파르(Mampar)」가 작가에 의해 원본은 파괴되고
일부가 '두더지들(Les taupes)'이라는 제목의 프랑스어판으로
남아 있음.

1931년   스페인 공산당에 가입하여 활발한 지원 활동을 펼침.
4월 마드리드에서 조젯과 함께 부르봉 군주정의 몰락과
스페인 제2공화국의 탄생을 지켜봄. 스페인의 여러
잡지에 기고. 광산 노동자들의 착취를 다룬 프롤레타리아
소설 『텅스텐(El tungsteno)』과 르포 『1931년 러시아.
크렘린 기슭에서의 고찰(Rusia en 1931. Reflexiones al pie
del Kremlin)』이 각각 3월과 6월 마드리드에서 출간됨.
『텅스텐』은 세계적 경제 침체기인 1930년대에 유명세를
누렸고, 『1931년 러시아. 크렘린 기슭에서의 고찰』은
단 4개월 만에 3쇄를 찍어 베스트셀러가 됨. 지금은

페루 초등학교의 필독서가 된 사회 고발 성격의 동화
『파코 융케(Paco Yunque)』를 썼으나, "동화치고는 너무
우울하다"는 이유로 여러 출판사에서 거절당함. 가르시아
로르카(Federico García Lorca)와 깊이 교우함. 10월 모스크바
국제작가회의 참석차 세 번째이자 마지막으로 소련 방문.
마드리드로 돌아가 기사 모음집 『제2차 5개년 계획을 앞둔
러시아(Rusia ante el Segundo Plan Quinquenal)』, 에세이집
『예술과 혁명(El arte y la revolución)』 등을 집필하지만,
마르크스주의적이며 혁명적이라는 이유로 빛을 보지
못함. 이 시기부터 1937년까지 사후에 '인간의 시(Poemas
humanos)'라는 제목으로 묶이는 일련의 시를 씀.

1932년   2월 파리로 돌아감. 프랑스 영주권 취득.

1933년   파리의 좌파 주간지 《제르미날(Germinal)》에 '페루에서는
무슨 일이(¿Qué pasa en el Perú?)'라는 제목의 르포 시리즈
기고. 경제적 어려움이 가중되어 조젯과 싸구려 호텔을
전전하며 생활.

1934년   미국의 대외 정책과 다국적 기업의 횡포에 굴종적인
라틴아메리카 정부들을 다룬 풍자극 「콜라초 형제(Colacho
Hermanos)」 집필. 스페인의 문학 비평가 페데리코
데 오니스(Federico de Onís)가 마드리드에서 펴낸
『스페인·중남미 시선 1882-1932(Antología de la poesía española
e hispanoamericana 1882-1932)』에 그의 시가 수록됨. 11월
조젯과 결혼.

1935년   활발한 정치 활동을 지속하는 가운데 두 편의 시나리오와
「굴뚝새 소년(El niño del carrizo)」, 「미래 일주 여행(Viaje
alrededor del porvenir)」, 「두 명의 소라족 사람(Los dos soras)」,
「승자(El vencedor)」 등의 미완성 단편 집필. 시집 출간 계획
좌질.

1936년   스페인 내전이 발발하자 네루다와 함께 스페인 공화국

수호를 위한 이베로아메리카 위원회(Comité Iberoamericano para la Defensa de la República Española) 결성에 참여하는 등 공화파 지지 활동을 활발하게 펼침. 12월 내전 상황을 살펴보기 위해 보름간 바르셀로나와 마드리드 방문.

1937년   7월 페루 대표로 '문화 옹호를 위한 제2차 국제작가회의' 참석차 마지막으로 스페인 방문. 마드리드 전선 방문. 파리로 돌아가 국제작가협회 페루 분과 서기에 선출됨. 여러 편의 내전 관련 글을 쓰고 기관지《누에바 에스파냐(Nueva España)》창간에 참여. 9~11월 『인간의 시』와 『스페인이여, 내게서 이 잔을 거두어 다오(España, aparta de mí este cáliz)』에 수록될 마지막 시편들과 잉카를 소재로 한 극작품 「지친 돌들(La piedra cansada)」 집필.

1938년   연초에 파리에서 문학 및 언어 교사로 일함. 3월 24일 원인을 알 수 없는 병으로 입원(후에 어릴 때 앓았던 말라리아가 재발한 것으로 밝혀짐). 조젯에 따르면, 3월 29일 병상에서 "내가 하느님 앞에서 옹호해야 할 대의가 무엇이든, 죽음 저편에 나를 옹호해 주실 분, 하느님이 계시다."라고 구술함. 4월 15일 오전 9시 20분 가랑비가 내리는 파리의 아라고(Arago) 병원에서 부인 조젯과 친구인 라레아, 오야르순(Ángel Custodio Oyarzún)이 지켜보는 가운데 생을 마감함. 사망일은 시 「하얀 돌 위에 검은 돌(Piedra negra sobre una piedra blanca)」에서 예고했던 목요일이 아닌 성금요일이었음. 4월 19일 장례식에서 프랑스 작가 루이 아라공(Louis Aragon)이 조사를 낭독했고, 파리 교외의 몽루즈 공동묘지에 안장됨.

1939년   1월 스페인에서 공화파 군인들에 의해 『스페인이여, 내게서 이 잔을 거두어 다오』 초판 출간. 미망인 조젯의 노력으로 7월 파리에서 유고 시집 『인간의 시』 출간. 평생에 걸친 시인의 관심사와 맞닿아 있는 마르크스주의가 사상적 토대를 이루는 이 시집들에서 "단테 이후 가장 보편적인 시인"으로서의 심오한 인간적 면모를 엿볼 수 있음. 형식적인 면에서는, 『트릴세』에서 두드러졌던 언어 실험을 버리고 익숙한 리듬으로 돌아가며, 시의 언어는 일반 독자들이 접근할 수 있는 일상적인 대화체 수준으로 평범해짐. 시인의 시적 유언인 『스페인이여, 내게서 이 잔을 거두어 다오』는 네루다의 『가슴속의 스페인(España en el corazón)』과 함께 스페인 내전을 노래한 가장 대표적인 작품으로 평가됨.

1949년   부에노스아이레스의 Editorial Losada S.A.에서 『시 전집 (Poesías completas)』 출간.

1951년   리마의 《아푼테스 델 옴브레(Apuntes del hombre)》에 「파코 융케」 게재.

1965년   리마에서 『제2차 5개년 계획을 앞둔 러시아』 출간.

1967년   리마에서 『소설·단편 전집(Novelas y cuentos completos)』 출간.

1970년   매장된 지 32년이 지난 4월 3일 몽파르나스 공동묘지로 이장. 비문에는 "당신이 잠들도록 나는 눈이 되어 하염없이 내렸네(J'ai tant neigé pour que tu dormes)."라는 미망인 조젯의 글귀가 적혀 있음.

1973년   리마에서 에세이집 『직업 비밀에 반하여(Contra el secreto profesional)』와 『예술과 혁명』 출간.

1979년   리마에서 『희곡 전집(Teatro completo)』 출간.

1987년   리마에서 『유럽으로부터 ── 기사와 논평 1923-1938(Desde Europa ── Crónicas y artículos 1923~1938)』 출간.

1992년   리마의 Editora Perú S.A.에서 『전집(Obras completas)』 출간.

세사르 바예호와 아내 조젯

이 위대한 서정시인, 이 위대한 주관적 시인

호세 카를로스 마리아테기[1]

세사르 바예호의 첫 번째 책 『검은 전령(Los heraldos negros)』은
페루에서 새로운 시의 시작을 알린다. 안테노르 오레고[2]가
따뜻한 형제애로 "이 파종자 이후 자유와 시적 자율성, 토착적인
언어 표현의 새로운 시대가 열린다."[3]고 상찬한 것은 과장이
아니다.

바예호는 한 혈통의 시인, 한 인종의 시인이다. 우리 문학
최초로, 선주민 정서(sentimiento indígena)를 순결하게 표현해 냈다.
멜가르[4] ─ 좌절된 잠재적 징후 ─ 의 야라비를 보면, 그는
아직 고전주의 기법의 포로이고 스페인 수사학의 노예다. 반면,
바예호의 시는 새로운 스타일을 구현하고 있다. 그의 시에서
선주민 정서는 고유의 어조를 지닌다. 그의 노래는 온전히 그의

---

1 (옮긴이) José Carlos Mariátegui(1895-1930). 마르크스의 사적
유물론을 페루의 정치 상황에 적용한 사회주의 사상가이자 문필가로,
흔히 "라틴아메리카의 그람시"로 여겨진다. 페루 공산당을 결성하고 문예지
《아마우타》를 창간하였으며 전위적인 예술 경향을 강조하는 활발한 문학
활동을 펼쳤다. 이 글은 그가 1928년 펴낸 『페루 현실에 대한 7가지 해석적
시론』에 실려 있다. 한국어 번역 시집 제목은 "조금밖에 죽지 않은 오후"로
바꾸었다.
2 (옮긴이) Antenor Orrego(1892-1960). 트루히요 시절 바예호의 동료로
사상가이자 정치가, 언론인.
3 Antenor Orrego, "Panoramas", ensayo sobre César Vallejo.
4 (옮긴이) Mariano Melgar(1790-1815). 페루의 시인이자 독립 운동가.

것이다. 시인이라면 새로운 메시지를 전달하는 것만으로는
충분치 않다. 새로운 기법과 새로운 언어도 끌어들여야 한다.
바예호의 예술은 본질과 형식이라는 모호하고 인위적인
이원론을 용납하지 않는다. 오레고가 적확하게 논평하고 있듯이,
"낡은 수사학적 발판의 혁파는 시인의 변덕이나 독단이 아니라,
긴요한 일이었다. 바예호의 작품을 이해하기 시작할 때, 비로소
뚜렷하게 구별되는 새로운 기법의 필요성 또한 이해하게 될
것이다."[5] 멜가르의 선주민 정서는 시의 밑바닥에서만 어슴푸레
볼 수 있다. 그러나 바예호는 시의 구조를 바꾸면서 시 자체에
온전히 나타내 보인다. 멜가르에게 선주민 정서가 어조에 지나지
않는다면, 바예호의 시에서는 동사다. 요컨대, 멜가르에게는
에로틱한 흐느낌이라면, 바예호에게는 형이상학적 기획이다.
바예호는 절대적인 창조자다. 『검은 전령』은 그의 유일한 작품이
될 수도 있었다. 설사 그렇더라도 바예호는 우리 문학에서 새로운
시대의 막을 열었을 것이다. 아마도 『검은 전령』을 여는 표제시의
다음 시행들에서 페루 시(선주민 시라는 의미에서)가 시작될 것이다.

사노라면 겪는 고통, 너무나 지독한…… 모르겠어!
신의 증오 같은 고통. 그 앞에선 가슴 아린
지난날이 밀물이 되어 온통
영혼에 고이는 듯…… 모르겠어!

이따금 찾아오지만 고통은 고통이지…… 사나운
얼굴에도
단단한 등짝에도 검은 골을 파 놓는.
어쩌면 야만스러운 아틸라의 기마병,
아니면 죽음의 신이 우리에게 보내는 검은 전령.

---

5   Antenor Orrego, "Panoramas", ensayo sobre César Vallejo.

그건 영혼의 구세주들이, 운명에 모욕당한
고결한 믿음이 까마득히 추락하는 것.
화덕 입구에서 손꼽아 기다리던 빵이
타닥타닥 타들어 갈 때의 피투성이 고통.

그러면…… 가련한…… 가련한 사내! 고개를 돌리네,
누가 어깨를 툭 치며 부르기라도 한 것처럼.
그는 실성한 눈으로 돌아보고, 살아온 세월이
죄악의 웅덩이처럼 온통 그의 시선에 고이네.

세계 문학 내에서 분류하자면, 『검은 전령』은 부분적으로
상징주의 시기에 속한다. 예컨대 시집 제목부터 그렇다. 그러나
상징주의는 모든 시대를 관통한다. 다른 한편, 상징주의는 다른
어떤 양식보다 선주민 정서를 해석하는 데 적합하다. 인디오는
애니미즘적이고 목가주의적이어서 의인화된 상징이나 전원적인
이미지로 감정을 표현하는 경향이 있다. 게다가 바예호는
부분적으로만 상징주의자다. 그의 시에는 특히 두드러지는
상징주의적 요소들 외에도 표현주의, 다다이즘, 초현실주의
요소들이 들어 있다. 바예호는 본질적으로 창조자로서 가치를
지닌다. 그의 기법은 끊임없이 정제된다. 그의 예술에서 기법은
마음 상태와 조응한다. 가령, 초기에 에레라 이 레이식[6]의 기법을
빌려 오면서 바예호는 자신의 개인적인 서정에 동화시킨다.
    그러나 바예호의 예술에서 가장 근본적이고 특징적인
것은 인디오의 어조다. 그에게는 묘사적이거나 향토주의적인
라틴아메리카 어법이 아니라, 근원적이고 진정성 있는
라틴아메리카 어법이 존재한다. 바예호는 민속에 호소하지

6　Julio Herrera y Reissig(1875-1910). 우루과이의 모데르니스모 시인이자
에세이스트.

않는다. 케추아어 단어와 토착적인 표현은 그의 언어에
인위적으로 접목되지 않는다. 그에게는 자연 발생적 산물,
고유의 세포, 유기적 요소인 것이다. 바예호는 스스로 자신의
어휘를 선택하지 않는다고 말할 수도 있겠다. 그의 토착주의는
의도된 것이 아니다. 바예호는 어두운 기층에서 잃어버린 정서를
뽑아내기 위해 전통에 함몰되지도, 역사 속으로 빠져들지도
않는다. 그의 시와 그의 언어는 육체와 영혼에서 나온다. 그의
메시지는 그의 내면에 있다. 그의 예술에서 선주민 정서는 아마도
부지불식중에 작동하는 것이리라.

필자가 보기에, 바예호의 인디헤니스모(indigenismo)의 가장
명료하고 뚜렷한 특징 중 하나는 빈번한 향수의 태도이다. 우리가
토착적 영혼에 대한 독보적인 해석을 빚지고 있는 발카르셀[7]은
인디오의 슬픔은 기실 향수라고 말한다. 그런데 바예호는
순수하게 향수적이다. 환기의 따뜻함이 있다. 그러나 바예호의
환기는 언제나 주관적이다. 심오한 서정적 순수로 잉태된 그의
향수를 과거주의자들의 문학적 향수와 혼동해서는 안 된다.
바예호는 향수적이지만, 단순히 회고적인 것은 아니다. 그는
페리촐리[8]적 과거주의(pasadismo)가 부왕령 시절을 그리워하듯이
제국을 그리워하지 않는다. 그의 향수는 정서적 저항 혹은
형이상학적 저항이다. 망명의 향수, 부재의 향수다.

등심초와 버찌를 빼닮은 내 고향 안데스의 달콤한

---

7 (옮긴이) Luis E. Valcárcel(1891-1987). 페루의 역사가이자 인류학자.
페루 인디헤니스모를 대표하며 페루 인류학의 아버지로 여겨진다.

8 (옮긴이) La Perricholi(1748-1819). 페루의 가수이자 배우인 마리아
미카엘라 비예가스 이 우르타도 데 멘도사(María Micaela Villegas y Hurtado
de Mendoza)의 별명. 당대 작가들의 풍속주의적·복고주의적 경향을
페리촐리주의(perricholismo)라고 칭한다.

리타는
이 시각 무얼 하고 있을까.
지금 비잔티움은 나를 질식시키는데, 피는
묽은 코냑처럼, 내 안에서 자울자울 졸고 있는데.
　　　　　　　　　—「가 버린 시절」, 『검은 전령』

형, 오늘 난 집 돌 벤치에 앉아 있어.
형이 너무 보고 싶어!
이맘때면 같이 놀았던 게 생각나, 엄마는
우리를 어루만지며 말씀하셨지: "아이고, 요놈들아……"
　　　　　　　　　—「미겔 형에게」, 『검은 전령』

오늘 혼자 점심을 먹었다. 어머니도,
당부도, 먹으라는 말도, 물도 없었다.
떠들썩한 옥수수 성찬식에 뒤늦게
나타나서는, 왜 다들 입에 자물쇠를
채웠냐 하시는 아버지도 없었다.
　　　　　　　　　—「28」, 『트릴세』

늦은 밤 너와 끝없이 수다를 떨며
돌아가던 낯선 존재는 끝났다.
좋든 나쁘든, 나의 자리를 마련해 놓고
기다릴 사람이 이젠 없다.

뜨거운 오후는 끝났다.
너의 거대한 만(灣)과 너의 탄성,
오후가 듬뿍 담긴 차를 내주시던
쇠약하신 네 어머니와의 담소도 끝났다.
　　　　　　　　　—「34」, 『트릴세』

또 때때로 바예호는 미래에 찾아올 향수를 예감하거나
예언하기도 한다.

> 부재하는 사람아! 쓸쓸한 한 마리 새처럼,
> 내가 어둠의 바다와 침묵의 제국의
> 해변으로 떠나는 아침,
> 하얀 묘지는 그대의 족쇄가 되겠지.
> ──「부재하는 사람」,『검은 전령』

> 여름아, 나 이제 가련다. 네 오후의
> 다소곳한 작은 손들이 눈에 밟히는구나.
> 넌 늙은 몸으로 허겁지겁 도착하지만,
> 이제 내 영혼에서 그 누구도 찾아내지 못할 거야.
> ──「여름」,『검은 전령』

바예호는 300년[9] 동안 고통에 시달려 향수가 극에 달한
순간에 인종을 해석한다. 그러나 "떠들썩한 옥수수 성찬식"에
대해 말할 때, 바예호의 기억은 그가 우울하게 맛보는 여린
옥수수의 단맛으로 가득하다. 이 또한 인디오 영혼의 한 특징을
보여 준다.
　바예호의 시에는 인디오의 염세주의가 담겨 있다. 그의 망설임,
그의 질문, 그의 불안은 "뭐 하러!(¡para qué!)"라는 한 마디 외침에
회의적으로 녹아든다. 이 염세주의의 바탕에는 언제나 인간적
연민이 자리 잡고 있다. 악마적이거나 병적인 것과는 거리가 멀다.
피에르 앙프[10]가 말하듯이, "사람들의 고통"을 같이 아파하고 그
고통을 씻어 주는 영혼의 염세주의다. 문학에서는 결코 이러한

9　(옮긴이) 페루가 스페인의 지배하에 있었던 기간(1532-1821)을 가리킴.
10　(옮긴이) Pierre Hamp(1876-1962). 19세기 프랑스 사실주의 소설가.

염세주의의 선례를 찾아볼 수 없다. 바예호의 염세주의는 레오파르디[11]나 쇼펜하우어의 목소리에 교란된 청소년들의 낭만적인 절망을 표현하지 않는다. 철학적 경험을 집약하고, 한 인종, 한 민족의 영적 태도를 응축한다. 서양의 니힐리즘이나 주지주의적 회의주의와의 유사성이나 친연성은 찾아볼 수 없다. 그의 염세주의는 인디오의 염세주의처럼 관념이 아니라 정서다. 오히려 슬라브인들의 기독교적·신비주의적 염세주의에 근접하는 동양적 숙명론과 맞닿아 있다. 그러나 안드레예프[12] 와 아르치바셰프[13]의 광적인 인물들을 자살로 몰아넣는 고뇌에 찬 신경 쇠약과 혼동해서는 안 된다. 바예호의 염세주의는 관념이 아니듯 신경증도 아니다.

바예호의 염세주의는 사랑과 자애로 가득하다. 낭만주의 시대의 일반적인 경우와 달리 이 염세주의를 낳은 것은 환멸에 사로잡힌 격앙된 자기중심주의나 나르시시즘이 아니다. 바예호는 인간의 모든 고통을 느낀다. 그의 고통은 개인적인 것이 아니다. 그의 영혼은 모든 인간의 비애와 하느님의 비애로 인해 "죽는 순간까지 비애에 잠겨 있다". 시인에게는 인간의 고통만 존재하는 것이 아니기 때문이다. 다음 시행들에서 시인은 우리에게 하느님의 고통에 대해 말하고 있다.

---

11 (옮긴이) Giacomo Leopardi(1798-1837). 19세기 이탈리아 고전파 시인.

12 (옮긴이) Leonid Andreyev(1871-1919). 표현주의 운동을 주도했던 러시아의 소설가이자 극작가.

13 (옮긴이) Mikhail Petrovich Artsybashev(1878-1927). 19세기 말부터 20세기 초까지 러시아에서 유행한 시니시즘 계열의 작가. 육욕주의적 삶의 방식을 가리키는 사니니즘(saninism)은 그의 소설 『사닌(Sanin)』(1907)의 주인공 이름에서 유래하였다. 마리아테기는 1927년 4월 11일 리마에서 발간된 《바리에다데스》에 「미하일 아르치바셰프(Miguel Arzibachev)」라는 글을 발표한 바 있다.

저녁과 함께 바다와 함께, 내 몸속을
거니시는 하느님을 느낀다.
우린 그분과 동행한다. 날은 저물고
그분과 함께 밤을 맞는다. 외돌토리 신세……

그러나 난 하느님을 느낀다. 심지어 그분께서
알지 못할 좋은 빛깔을 내게 주시는 것만 같다.
종교 자선 단체 회원처럼, 선하고 수심이 가득한 당신,
연인의 달콤한 모멸에 어깨가 처지는 당신,
마음이 얼마나 아프실까.

오, 저의 하느님, 저는 이제 막 당신께 다가갔고,
오늘 이 저녁 사무치게 사랑합니다. 오늘
어느 젖가슴의 엉터리 저울에
무게를 달고 허약한 천지 창조에 눈물 흘립니다.

당신은, 얼마나 탄식하실지…… 빙빙 도는
그 거대한 가슴과 사랑에 빠지신 당신은……
하느님, 저를 당신께 봉헌합니다, 그토록 큰 사랑 주시니,
결코 미소 짓는 법 없으시니, 언제나
찢어질 듯 가슴 아프시리니.

바예호의 다른 시행들은 신성(神性)에 대한 이러한 직관을
부정한다. 「영원한 주사위」에서 시인은 원망과 비통함으로 신에게
향한다. "그러나 당신은, 언제나 안온하셨던 당신은,/ 당신의
피조물이 고통받아도 아무 느낌이 없습니다." 그러나 이것은
언제나 연민과 사랑으로 빚어지는 시인의 진짜 감정과 거리가
멀다. 일체의 이성주의적 억압을 벗어나 자유롭고 너그럽게
흘러나올 때, 그의 서정은 10년 전 필자에게 처음으로 바예호의

천재성을 일깨워 주었던 다음과 같은 시행들로 표현된다.

"대박"을 외치는 복권 장수는,
어딘가 하느님의 속성을 지녔다.

모든 입술들이 그냥 지나친다. 권태는
하나의 주름에 '이젠 그만'을 싹 틔운다.
복권 장수가 지나간다, 어쩌면 허울뿐인
하느님처럼, 탄탈로스의 빵 덩이들 사이에서,
인간의 무기력한
사랑을 긁어모으며.

난 그 남루한 인간을 바라본다. 그가 우리에게
마음을 주면 좋으련만.
그러나 한 마리 잔인한 새처럼,
큰 소리로 외치며 팔아서
그의 손에 들어오는 행운은,
결국 이 보헤미안적인 신이 알지도 못하고
원치도 않는 어딘가에 가서 멈추리라.

태양을 짊어지고 가는
이 미지근한 금요일에 나는 중얼거린다.
하느님의 뜻은 왜 하필
복권 장수의 옷을 입었을까!

안테노르 오레고는 "시인은 개인적으로 말하고 언어를
개별화한다. 그러나 보편적으로 생각하고 느끼고 사랑한다."라고
적고 있다. 이 위대한 서정시인, 이 위대한 주관적 시인은
우주와 인류의 해석자를 자처한다. 그의 시는 결코 낭만주의의

유아독존적이고 나르시시즘적인 탄식을 연상시키지 않는다.
19세기의 낭만주의는 본질적으로 개인주의적이었다. 반면에
1900년대의 낭만주의는 자발적·논리적으로 사회주의적이고
일체주의적이다. 이러한 관점에서, 바예호는 그의 인종뿐만
아니라 그의 세기, 그의 영겁에도 속한다.[14]

그는 인간적 연민이 너무 깊은 나머지 때로는 스스로
사람들의 고통에 일정 부분 책임을 느끼기도 한다. 그래서 자신을
질책한다. 그는 자신 역시 타인들을 강탈하고 있다는 두려움과
고뇌에 휩싸인다.

> 내 몸의 뼈는 죄다 타인의 것.
> 아마도 내가 훔쳤겠지!
> 어쩌면 다른 사람 몫을
> 가로챘는지도 몰라.
> 내가 태어나지 않았다면,
> 다른 가난한 이가 이 커피를 마시련만!
> 난 몹쓸 도둑…… 어찌할 거나!
>
> 인간의 먼지 냄새 짙게 풍기며 대지가
> 슬픔에 잠기는 이 차가운 시간,
> 문이란 문은 다 두드려,

---

14   호르헤 바사드레(Jorge Basadre, 1903-1980. 페루의 역사학자.)에
따르면, 『트릴세』에서 바예호는 새로운 기법을 사용하지만, 그의 모티프는
여전히 낭만주의적이다. 그러나 필자가 이달고에 대해 지적한 대로, 바예호가
주관주의를 극단으로 밀어붙임에 따라 매우 정제된 '새로운 시(nueva
poesía)' 역시 낭만주의적이다. 분명 『트릴세』에 이르도록 그의 시에는 낡은
낭만주의와 퇴폐주의의 요소가 상당하다. 그러나 바예호 시의 가치는
과거의 잔재를 뛰어넘고 초월하는 정도에 의해 평가되어야 한다. 더욱이
낭만주의라는 용어에 대해 미리 알아 두는 것이 좋겠다.

낯모르는 이에게 용서를 빌고,
여기 내 가슴의 화덕에서
신선한 작은 빵 조각을 구워 주고 싶다……!

『검은 전령』의 시는 늘 이런 식이다. 바예호는 온 영혼을
가난한 사람들의 고통에 바친다.

노새꾼이여, 넌 땀에 젖어 번들거리며 잘도 걷는다.
평생 날이면 날마다 오만 가지 불쾌감을
안겨 주는 메노쿠초 농장.

　바예호의 예술은 새로운 감수성의 탄생을 알린다. 광대와
종복의 궁정문학 전통과 결별하는 새로운 예술, 반항적 예술이다.
이 언어는 시인의 언어이자 인간의 언어다. 『검은 전령』과
『트릴세』의 위대한 시인 ── 장바닥의 떠돌이 시인들에게도
기꺼이 호의와 영예를 바치는 리마 거리에서 잊히고 무시당한
위대한 시인 ── 은 예술에서 새로운 정신, 새로운 의식의
선구자로서 자신을 나타낸다.
　바예호는 자신의 시에서 항상 무한에 굶주리고 진실에
목마른 영혼이다. 그에게 창작은 형언할 수 없는 고통인 동시에
희열의 원천이다. 이 예술가는 맑고 순수하게 자신을 표현하기를
열망한다. 그래서 일체의 수사적 장식을 제거하고, 문학적 허영의
옷을 홀홀 벗어던진다. 그리하여 가장 금욕적이고 가장 소박하고
가장 당당한 형식적 단순함에 도달한다. 그는 신발을 벗고
맨발로 길의 딱딱함과 잔혹함을 느끼는 청빈한 신비주의자다.
『트릴세』가 출간된 뒤에 시인은 오레고에게 이렇게 쓰고 있다.

　이 책은 깊은 공허 속에서 태어났네. 책임은 나한테
있어. 그 미학에 대해선 내가 전적으로 책임을 지겠네.

오늘은, 아마도 그 어느 때보다 더, 지금껏 알지 못했던 인간과 예술가의 가장 신성한 의무인 자유의 책무(!)가 내 어깨에 달려 있다고 느낀다네. 오늘 내가 자유롭지 못하다면, 영원히 자유롭지 못할 걸세. 더없이 단호하고 영웅적인 기운이 내 이마의 주름살에 모이는 게 느껴진다네. 난 온 힘을 다해 가장 자유로운 형식에 헌신했고, 이것이 나의 가장 큰 예술적 성취일세. 나의 자유가 얼마만큼 확고하고 참된지 하느님은 아시리라! 리듬이 자유를 관통하여 방종에 떨어지는 것을 막기 위해 내가 얼마나 고통에 몸부림쳤는지 하느님은 아시리라! 내 불쌍한 영혼을 살리겠다고 모든 것을 송두리째 죽일까 두려워, 공포에 사로잡힌 채, 내가 아찔한 벼랑 끝에 섰던 것을 하느님은 아시리라!

분명 이 말은 참된 창조자, 진정한 예술가의 목소리다. 자신의 고통의 토로야말로 그의 위대함의 가장 확실한 증거다.

그의 시는 언제나 인간을 향한다

김현균

　젊은 시절 도망치듯 유럽행 배에 오른 이후 다시는 고향 안데스를 밟지 못한 페루의 시인 바예호. 그가 머나먼 이국땅에서 쓸쓸히 눈을 감은 지도 어느덧 80년이 넘었다. 나는 오랫동안 화수분 같은 네루다의 광대무변함에 매료되었다. 그런데 언젠가 일찍 세상을 등진 형을 향한 절절한 그리움을 날것의 소박한 시어로 담담하게 풀어 낸 「미겔 형에게」를 읽게 되었고, 그날 이후 바예호가 슬그머니 네루다를 밀어내기 시작했다. 나의 취향이 별난 것은 아니다. 단언컨대, 그의 시는 한번 빠지면 헤어날 수 없는 늪이다. 이따금 수업시간에 가장 감명 깊게 읽은 라틴아메리카 시인이 누구냐고 물으면, 학생들은 너나없이 바예호를 첫손에 꼽는다. 그는 너무 늦게 우리 곁에 왔지만, 평생 그와 동행한 가난과 고통 속에서 빚어 낸 그의 시가 많은 이들의 사랑을 받고 공감을 얻게 돼서 정말 다행이고 더없이 기쁘다.

　바예호는 고통의 시인이다. 배고픔, 가난, 이별, 상실, 고뇌, 운명, 죽음, 슬픔…… 어둡고 우울한 시어들이 그의 시를 가득 채우고 있다. 한 손으로는 지팡이를 쥐고 다른 한 손으로 턱을 괸 채 벤치에 앉아 고뇌에 찌든 얼굴로 허공을 응시하는 흑백사진 속의 바예호는 곧 그의 시의 풍경이다. "장대비 쏟아지는 파리에서 죽으리라./ 그날이 어느 날인가는 이미 기억하고 있다." 이 시구가 말해 주듯, 새로운 삶이 펼쳐지리라는 어떤 기약도 희망도 보이지 않는다. 오지도 않은 미래를 이미 살았고, 지나가 버린 과거를 기다리는 사람처럼. 그러나 그의

시는 냉소나 니힐리즘으로 추락하는 대신 타인의 고통으로
눈을 돌린다. 지극히 개인적이고 내밀한 고통은 인간 보편의
고통으로 확장되며 따뜻한 시선으로 우리를 위무한다. 절망은
희망과 짝을 이루고 고독이 연대의 필요조건이 되는 시편들은
결코 과거의 회상에 머물지 않으며, 과감한 시적 실험도,
이데올로기도, 이미지도, 리듬도, 절대자인 신조차도 모두 인간을
향한다. 소박한 커피 한 잔을 앞에 놓고도 "내가 태어나지
않았다면, / 다른 가난한 이가 이 커피를 마시련만!"이라고
탄식하며 스스로를 몹쓸 도둑으로 규정하는 시인은 가난과
세상의 부조리를 자신의 탓으로 돌린다. 이것이 바예호를 "단테
이후 가장 위대한 보편적 시인"으로 밀어 올리는 힘이고 그의
시의 진정성의 원천이다. 까마득한 고통을 뚫고 올라와 '나'에서
'우리'로 초점을 옮겨가며 희망과 연대의 가능성을 노래하는 그의
시는 벼랑에 핀 꽃이다.

　언제부턴가 바예호의 시를 한국 독자들에게 소개하고
싶었다. 그러나 지나친 욕심이었다. 나의 능력이 부족한 탓이
크겠지만, 시인의 삶의 편린들과 안데스 선주민의 감성이
촘촘하게 아로새겨진 시행들을 관통하는 도저한 절망과 고뇌의
깊이를, 구두점 하나 허투루 낭비하지 않는, 군더더기 없는
야생적이고 예언적인 시적 언어를 우리말로 되살리는 것은
불가능에 가까웠다. 번역을 마치고도 선뜻 출판사에 원고를
보내지 못하고 한동안 망설였다. 해설도 붙이지 못했다. 온몸으로
써내려간 그의 시를 설명해 낼 재간이 없어서, 아니 해설
자체가 사족인 시인이라는 생각에 시인의 동료이자 사상가였던
마리아테기의 글을 옮겨 싣는 것으로 대신한다.

　문정희 시인은 광부였던 아버지를 사고로 잃고 어린 네
동생의 생계를 책임지면서도 시인의 꿈을 키워 가는 어느 빈민가
페루 소녀를 두고 "빛나는 시인 세사르 바예호를 / 시인의 운명을
그만 사랑하고 만 페루 소녀"라고 노래했다. 이 허술하기 짝이

없는 번역이 가난하고 헐벗은 영혼들에게 작은 위로가 되고
바예호의 빛나는 시혼(詩魂)을 알아볼 몇 사람의 독자라도 만날
수 있다면 그것으로 충분하다.

세계시인선 52   조금밖에 죽지 않은 오후

1판 1쇄 찍음 2021년 9월 25일
1판 1쇄 펴냄 2021년 9월 30일

지은이   세사르 바예호
옮긴이   김현균
발행인   박근섭, 박상준
펴낸곳   (주)민음사

출판등록 1966. 5. 19. (제16-490호)
주소   서울시 강남구 도산대로1길 62
         강남출판문화센터 5층 (06027)
대표전화 02-515-2000   팩시밀리 02-515-2007

www.minumsa.com

ISBN 978-89-374-7552-8 (04800)
      978-89-374-7500-9 (세트)

* 잘못된 책은 구입처에서 교환해 드립니다.